# 给少年的文学课

张莉 著

江苏凤凰文艺出版社

图书在版编目（CIP）数据

给少年的文学课 / 张莉著. —南京：江苏凤凰文艺出版社，2024.7
ISBN 978-7-5594-8442-0

Ⅰ.①给… Ⅱ.①张… Ⅲ.①世界文学-文学欣赏-通俗读物 Ⅳ.①I106-49

中国国家版本馆CIP数据核字(2024)第011424号

# 给少年的文学课
张莉 著

| 出 版 人 | 张在健 |
|---|---|
| 责任编辑 | 梁雪波 |
| 策划编辑 | 姚 丽 |
| 装帧设计 | 张景春 |
| 责任印制 | 杨 丹 |
| 出版发行 | 江苏凤凰文艺出版社 |
|  | 南京市中央路165号，邮编：210009 |
| 网 址 | http://www.jswenyi.com |
| 印 刷 | 苏州市越洋印刷有限公司 |
| 开 本 | 880毫米×1230毫米 1/32 |
| 印 张 | 7.375 |
| 字 数 | 115千字 |
| 版 次 | 2024年7月第1版 |
| 印 次 | 2024年7月第1次印刷 |
| 书 号 | ISBN 978-7-5594-8442-0 |
| 定 价 | 45.00元 |

江苏凤凰文艺版图书凡印刷、装订错误，可向出版社调换，联系电话 025-83280257

# 目录
## CONTENTS

1 | 前言　像讲故事一样讲文学

1 | 第一章　物不仅仅是物，它还是我们共同的记忆
　　　　——如何书写那些难忘的物

3 | 导　言　下笔时，找到难忘的物象或"抓手"

8 | 第一节　写童年该从何说起
　　　　——鲁迅《从百草园到三味书屋》

14 | 第二节　我爱北京的"枝枝节节"
　　　　——老舍《想北平》、林海音《苦念北平》、肖复兴《老北京的夏天》、郁达夫《北平的四季》

24 | 第三节　写蚕豆时我们到底在写什么？
　　　　——毕飞宇《蚕豆》

| 31 | 第四节 | 生活中那些可爱的小兔子和小仓鼠
——李娟《我的阿勒泰》

| 39 | 第五节 | 一千张糖纸产生怎样的故事？
——铁凝《一千张糖纸》

| 44 | 第六节 | 当我们写熟悉的陌生人，该从何说起？
——王安忆《比邻而居》、阿来《声音》

| 53 | **第二章** | **眼里有，心里有，笔下才有**
——如何书写那些难忘的人

| 55 | 导　言 | 写下人本身的朴素和自然，也写下人本身的有趣和烟火气

| 60 | 第一节 | "我看见他的背影，我的泪很快地流下来了"
——朱自清《背影》

| 65 | 第二节 | "为什么这朵花今天忽然开了"
——孙犁《父亲的记忆》《母亲的记忆》

| 71 | 第三节 | 当"好时光悄悄溜走"
——迟子建《好时光悄悄溜走》

| 81 | 第四节 | 作为普通人的长辈
——叶兆言《旧式的情感》

| 87 | 第五节 | 写鲁迅先生，从点点滴滴开始
——萧红《回忆鲁迅先生》

| 96 | 第六节 | 虎耳草,沈先生喜欢的那种草
——汪曾祺《星斗其文,赤子其人》

| 103 | 第七节 | 喜欢蘑菇的汪曾祺老人
——汪曾祺《沽源》、铁凝《温暖孤独旅程》

| 110 | 第八节 | 戴套袖的孙犁先生
——铁凝《四见孙犁先生》、贾平凹《一匹骆驼》《我见到的孙犁》

| 123 | **第三章** 找到"我"与陌生事物之间的连接
——如何书写那些难忘的事

| 125 | 导　言 | 好散文的魅力在于能引起我们长久的跨越时空的共鸣

| 129 | 第一节 | 我们怎么逛一个古老的园子
——史铁生《我与地坛》

| 141 | 第二节 | 当我们旅行时,我们会看到什么
——周晓枫《黄姚酿》

| 150 | 第三节 | 记下奔跑时我们所看到的
——汪曾祺《跑警报》

| 157 | 第四节 | 当我们总背不出那句诗
——李修文《长安陌上无穷树》

| 164 | 第五节 | 把夏天写得像夏天,把寒冷写得像寒冷
——鲍尔吉·原野《初夏》、刘亮程《寒风吹彻》

| 177 | 第四章　向大作家学习怎样阅读

| 179 | 导　言　从《枕草子》到"穷波斯"和珍珠

| 181 | 第一节　读书带给人的好处并不是只言片语就能说尽的
　　　　　——王安忆《文字里的生活》、迟子建《"红楼"的哀歌》、刘慈欣《科幻书单》

| 192 | 第二节　读书万万不能狭窄
　　　　　——余华《我的文学道路》、贾平凹《读书示小妹生日书》

| 199 | 第三节　读书时可以走走神
　　　　　——毕飞宇《什么是故乡?》、李敬泽《〈枕草子〉、穷波斯,还有珍珠》

| 207 | 第四节　向世间万物学习
　　　　　——莫言《用耳朵阅读》、苏童《水缸回忆》

| 219 | **结语　用好每一个字,写好每一句话**

# 前　言

## 像讲故事一样讲文学

张　莉

### 领受文学阅读的美妙

　　对我而言，这本《给少年的文学课》是一个意外。写作的缘起要从 2023 年 8 月说起，作为"凤凰十佳文学少年"的评委，我在南京为参加"文学少年"活动的同学们讲了一场名为"散文：如何读与如何写"的讲座。活动结束后，作家毕飞宇老师告诉我，他在隔壁的会议室里听了讲座的后半段，他建议我动手写一本给中学生朋友的书，就像在讲座中那样，娓娓道来地、像讲故事一样讲讲当代文学作品。看出我的犹豫后，他说，你当然不是做作文辅导，你的书要打开文学少年们的阅读视野，引导他们爱文学，学会欣赏作品，学会享受文学阅读带来的愉悦。这个建议让我兴奋，它点燃了我引领青少年朋友们一起阅读当代文学作品的热情。

是的，在我的设计里，这应该是一本有趣、好看的书，我想要带领青少年朋友们一起读那些新鲜、生动、鲜活、朗朗上口的好作品，以使青少年朋友们爱上阅读的美妙。

我挑选了三十余篇现当代散文名篇，尤其注重作品的文学性。我以为，想要写出好的文字，首先阅读是必经之路；在我的设想里，引领青少年朋友们赏读这些作品的过程，便是在习得一种写作方法。由此来看，这本书就包含了两层意思：一起看作家们是如何写的，我们要从中学会真正的阅读方法；当我们讨论怎么读的时候，实际上也是在讨论怎么写。

在这本书中，我将自己定义为一位文学向导，带领少年朋友们穿行在那些优秀作品中，一起观赏那里的百草丰茂、春风化雨。我们会寻找那些迷人的场景和片断，赏析其中的文学之美，但绝不是寻章摘句，而是从中辨认作品的语感逻辑、情感逻辑和写作手法；在学习如何阅读的过程中，找到如何写作的路径与方法。

## 向大作家学习如何写作

本书分为两个部分，第一部分是向大作家学习写作，第二部分是向大作家学习阅读。第一部分包括三章，分别是："物不仅仅是物，它还是我们的共同记忆"、"眼里有，心里有，笔下才有"和"找到'我'与陌生事物之间的连接"。其实就是和青少年朋友一起，看作家们如何写那些难以忘记的物、难以忘记的人、难以忘记的事或者风景。

在"物不仅仅是物，它还是我们的共同记忆"这一章节中，我将带领读者思考写作的"抓手"问题。如何让自己所写之事、所写之人、所写之物难以忘记？每个作家都有自己的方式。这一章中，我们将一起阅读鲁迅的《从百草园到三味书屋》、老舍的《想北平》、毕飞宇的《蚕豆》、李娟的《我的阿勒泰》，还有林海音的《苦念北平》、铁凝的《一千张糖纸》、王安忆的《比邻而居》、阿来的《声音》等。通过一字一句地阅读，认识到作家捕捉、认识物象的重要性，希望启发读者朋友在日常生活中有意识地去寻找那个"实在"。大到一篇文学作品，小到一则日记和一份作业，写作最基本的真谛在于寻找到那个实在的"物"以及附着在物之上的实在的情感。

第二章要讲述的是"如何书写那些难忘的人"。我挑选了十二篇文学史上著名作家写人的经典文章。我把这些写人的文章分为写长辈、写老师两类。写长辈的部分里，所举的例子有朱自清的《背影》，这是大家都熟悉的；我也找到了一些大家并不那么熟悉的，比如孙犁的《父亲的记忆》《母亲的记忆》、迟子建的《好时光悄悄溜走》、叶兆言的《旧式的情感》。

写师生情谊的散文，我选择了萧红写鲁迅、汪曾祺写沈从文、铁凝写孙犁和汪曾祺、贾平凹写孙犁的作品。在领读这些作品时，我希望引导读者看到作家如何从细节去理解人物，理解一个人的成就，也理解一个人的日常。

第三章我们讨论的是"那些难忘的事"。每一个人在生活中都有很多难以忘记的事，那么我们怎样挑选出那个最难忘的事情并进行书写，这对写作者是个挑战。我挑选了六篇文章，其中，史铁生的《我与地坛》，可以读到怎么去逛一个不一样的地坛；周晓枫的《黄姚酿》带领我们去往一个陌生的古镇旅行；汪曾祺的《跑警报》则带我们去往历史的深处，去体会西南联大的战时生活。当然，这一章里我也选了李修文《长安陌上无穷树》，关于医院里发生的故事；还有鲍尔吉·原野的《初夏》和刘亮程的《寒风吹彻》。在阅读这些优美文学作品的过程之中，我希望能培养少年朋友的观察能力和写作能力，同时也引导大家去理解什么样的文章有文学品质。

整体而言，这三章是通过具体作品的导读，引导同学们向优秀作家们学习如何写作，建立对什么是好的散文的认知。需要特别说明的是，虽然我尽可能摘录作品的精华部分，但还是希望少年朋友能够去阅读完整的作品。只有对完整的作品有充分的阅读和品味，才能领略真正的文学质感。

## 向大作家学习怎样阅读

第四章是"向大作家学习怎样阅读"。这一章是以作家们的阅读故事为例，引导青少年朋友向他们学习，思考在日常生活中如何阅读。本章挑选了九位作家的读书心得，介绍他们对阅读的思考。比如，王安忆如何阅读童话故事，迟子建如何阅读《红楼梦》，贾平凹如何让自己读书驳杂，余华如何读鲁迅《孔乙己》，毕飞宇如何读鲁迅的《故乡》,李敬泽如何从《枕草子》生发思考。当然,在一个人的成长历程里,其实不只有书可以读,生活也可以阅读。从这个角度出发,我特意选取了莫言的《用耳朵阅读》和苏童的《水缸回忆》,通过了解他们的成长历程,思考如何建立感知和认识世界的维度。

坦率地说,写这本书的过程,对我来说是思考人为什么阅读的过程,我想到的问题是,也许我们中的大部分人不一定要成为作家,但即使不成为作家,向作家学习阅读、学习深度阅读依然重要。深度阅读可以培养我们的专注力、我们的耐心、我们对世界的观察力和理解力。短视频让我们变得"不耐烦",而阅读则让我们安静,然后沉浸其中。

今天,很多父母会困扰,不知道给孩子读什么书,青少年朋友也不知道要读什么书好,这本书实际上是希望读者们发现并且去接触当代作家作品,搭建青少年与当代文学作家作品连接的平台。

如果读者对我们赏读的某个作品的段落感兴趣,我特别建议大家回到作品本身去阅读。这便是我们在每一章的后面都列出阅读书目的原因。那是拓展书目,期待读者朋友依靠书目去发现文学之美。当然,在每一章的后面，我也设置了一些问题，希望少年朋友们在赏读的基础上可以进一步思考怎样写作，以浸润的方式慢慢建立我们的文学审美。

感谢我的学生易彦妮、郑祖龙、胡诗杨、刘溁德，他们都是 2000 年前后出生的年轻人，和他们在一起进行的讨论启发了我对各个章节的思考，事实上，他们也为此书章节的设计和校订付出了辛苦的工作。我尤其想说，这本书里凝聚着我和四位年轻人在一起的快乐时光，我甚为珍惜。

感谢江苏凤凰文艺出版社张在健社长的信任以及他为这本书起的恰切的书名，感谢孙茜副社长和编辑姚丽、梁雪波的辛苦付出，没有各位的督促与信任，就没有这本书的顺利出版。

最后，我要特别致谢这本书所提及的每一位作家及其作品，正是因为有了这些优美而雅正的文字做底，才有了我作为读者的阅读愉悦。非常希望各位少年朋友能通过本书爱上这些优秀的作家作品，享受属于文学的美妙时刻。

2024 年 5 月 16 日

# 第一章

## 物不仅仅是物，它还是我们共同的记忆

### ——如何书写那些难忘的物

* 学会认出物的名字
* 物在迁移流转之中，故事才有"越轨"笔致
* "物"代表的是我们的所见、所想、所念，它们是它们自身，但又不只是它们自身

# 导言　下笔时，找到难忘的物象或"抓手"

中学时代提到散文，我们通常会说到记叙文、抒情文以及议论文，这是最为基础和简单的分类。而无论是记叙、抒情还是议论，说到底也都与"我"有关，散文所写的是"我"之所见、"我"之所感和"我"之所想。——判断一篇散文是否优秀，在于写作者能否真正地将"我"之所见、"我"之所感、"我"之所想，变成"我们"之所见、"我们"之所感和"我们"之所想。——换言之，好散文的魅力在于能引起我们长久的共鸣。

我常认为，好的散文应当是"有物""有情""有思"的。正如大家所看到的，三个题目都强调"有"。"有"与"无"相对——无论我们写的是一个人、一件事还是一个道理，它都要从"有"出发；这个"有"，有时可以是物，有时可以是人，有时可以是一个场景，总之"有"是"实在"，而非"虚空"。

物实际上是写作的"抓手"。我们会在鲁迅的《从百草园到三味书屋》中看到童年的形形色色，那些由花、草、动物组成的有趣世界："三味书屋后面也有一个园，虽然小，但在那里也可以爬上花坛去折蜡梅花，在地上或桂花树上寻蝉蜕。最好的工作是捉了苍蝇喂蚂蚁，静悄悄地没有声音。然而同窗们到园里的太多，太久，可就不行了，先生在书房里便大叫起来。"

在老舍的《想北平》里，他写下了一座城市的独特气质："北平的好处不在处处设备得完全，而在它处处有空儿，可以使人自由地喘气；不在有好些美丽的建筑，而在建筑的四围都有空闲的地方，使它们成为美景。每一个城楼，每一个牌楼，都可以从老远就看见。况且在街上还可以看见北山与西山呢！"同样，在林海音的《苦念北平》、肖复兴的《老北京的夏天》等文章里，古老北平的图景渐次显现："许多夏季的黄昏，我们都在太庙静穆的松林下消磨，听夏蝉长鸣，懒洋洋地倒在藤椅里。享受安静，并不要多说话，仰望松林上的天空，只要清淡地喝几口香片茶。各人拿一本心爱的书看吧，或者起来走走，去看看那几只随着季节而来的灰鹤。"（林海音《苦念北平》）"炎炎夏日，拉冰的板车常出入那里，东去三里河，西去珠市口,去各生意家送冰。我小时候,家离那儿不远,放学之后,我们一帮孩子常跟在车后面,手里攥着块砖头,偷偷砸下一小冰块,塞在嘴里当冰棍吃。这就是属于我这样的孩子不要钱的冰核儿。"(肖复兴《老北京的夏天》)这样的文字,生动、形象、切肤。

毕飞宇的《蚕豆》是关于蚕豆如何牵连起"我"与亲人的情感:"她最初的主意一定是鸡蛋,她已经把鸡蛋从坛子里头取出来了。大概是考虑到不好拿,怕路上打碎了,她又把鸡蛋放下了。奶奶后来拿过来一支丫杈,从屋梁上取下一只竹篮,里头是蚕豆。奶奶让我去帮她烧火,我就去烧火。我一边添柴火,一边拉风箱,知道了奶奶最后的决定是炒蚕豆让我带走。"奶奶的行动浸润着她的情感和心思。

李娟《我的阿勒泰》里的一篇《我所能带给你们的事物》则写了生活中那些可爱的小兔子与仓鼠,它们成为联系"我"与家人情感的纽带:"尽管咬破了衣服,晚上还是得再找东西把它们包起来。妈妈点着它们的脑门大声训斥,警告说下次再这样的话就如何如何。外婆却急着带它们出去玩。她提着笼子,拄着拐棍颤巍巍地走到外面的草地上,在青草葱茏处艰难地弯下腰,放下笼子,打开笼门,哄它们出去。可是它们谁也不动,缩在笼角挤作一团。"

铁凝的《一千张糖纸》是关于收集糖纸的故事,孩子们最终遭遇了大人的欺骗,带来成长中难忘而苦涩的回忆:"一千张糖纸换一只电动狗,我和世香若要一人一只,就需要两千张糖纸。这不是一个小数目,但我们信心百倍。从此我和世香再也不跳皮筋了,再也不梆枣吃了,再也不抓子儿了,再也不扯着嗓子比赛唱歌了。外婆的四合院安静如初了,我们已开始寻找糖纸。"

王安忆的《比邻而居》通过厨房传来的油烟味,将未曾谋面的邻家写得细致、难忘。她发现那些味道最终凝结成了邻居们的生活点滴:"唯有'香',才可这般全面彻底地打入我家的排油烟机管道,进到我家厨房。现在,我家的厨房就浸在这股子'香'里面。灶具、台面、冰箱、外壳,都积起了一层薄薄的油腻。这就是我和我的邻居家,最亲密的接触。"

在这些作品里,习焉不察的日常之物在作家的笔下变得神采奕奕。人生的片段仿佛记忆墙壁上的钉子,借由作家的悬挂,便永远悬挂在我们的记忆深处了。"物"代表着的是我们的所见、所想、所念,红豆不只是红豆,明月不只是明月,炊烟也不只是炊烟……它们是它们自身,但又不只是它们自身,借由作家们的书写,它们还变成了我们共同的记忆。

## 第一节　写童年该从何说起

### ——鲁迅《从百草园到三味书屋》

### 认出"物"的名字

《从百草园到三味书屋》是鲁迅《朝花夕拾》中的一篇，也是现代散文的名篇，我们都很熟悉里面的经典段落，那么，这篇文章好在哪里？我们来一起看看开头，鲁迅先生是怎样写的：

我家的后面有一个很大的园，相传叫作百草园。现在是早已并屋子一起卖给朱文公的子孙了，连那最末次的相见也已经隔了七八年，其中似乎确凿只有一些野草；但那时却是我的乐园。

不必说碧绿的菜畦，光滑的石井栏，高大的皂荚树，紫红的桑椹；也不必说鸣蝉在树叶里长吟，肥胖的黄蜂伏在菜花上，轻捷的叫天子（云雀）忽然从草间直窜向云霄里去了。单是周围的短短的泥墙根一带，就有无限趣味。

在这一段中，我们首先会看到很多的名词：菜畦、石井栏、皂荚树、桑椹、鸣蝉、黄蜂、叫天子（云雀）。这些名词多是植物或者动物，它们都是我们寻常所见之物。某种意义上，正是对它们细致的呈现，才构成了百草园的生趣。我想强调的是，认出动物或植物的名字，在写作中是很重要的，我们要学会从许多事物中认出"物"的名字，比如紫云英、二月兰、牡丹、玫瑰，而不能总括为红花绿草。正如我们每个人都有名字，事实上动植物也有它们的名称，所以在日常生活中，我们要学会观察与辨认。其实，在今天想要了解动植物的名字并不是很难，我们可以借助很多软件去辨别。所以说写作之前，首先是要看见那些事物，认出它们的名字，并赋予它们独特性。

### 形容词和动词的描摹

回到这部作品，我们会发现作者在写每一个动物或植物的时候，都使用了形容词。比如，菜畦是"碧绿的"，是颜色；接下来石井栏用"光滑"来形容，是触感；皂荚树的"高大"指的是形态；到了"紫红的桑椹"则再一次返回颜色。文中使用的形容词有跳跃感、多样性，这是作家试图写出百草园的丰富。

"不必说碧绿的菜畦，光滑的石井栏，高大的皂荚树，紫红的桑椹"，这里写的是静的景观，但百草园同时也是灵动的，所以接下来"也不必说鸣蝉在树叶里长吟，肥胖的黄蜂伏在菜花上，轻捷的叫天子（云雀）忽然从草间直窜向云霄里去了"这一段里，鲁迅开始书写动态。那么，他是怎么书写的？他说的是"鸣蝉在树叶里长吟"。黄蜂又是怎样活动的呢？"黄蜂伏在菜花上"，而叫天子则是"忽然从草间直窜向云霄里去了"。当我们把这些不同的动态连在一起会看到，是作家的修辞使百草园变得生动、丰饶、有趣。对于百草园丰富事物的捕捉，是通过不断地辨认、观察，进而再返回到文字里的。

在接下来的段落里会发现，鲁迅写了孩子眼中的世界：

> 油蛉在这里低唱，蟋蟀们在这里弹琴。翻开断砖来，有时会遇见蜈蚣；还有斑蝥，倘若用手指按住它的脊梁，便会拍的一声，从后窍喷出一阵烟雾。何首乌藤和木莲藤缠络着，木莲有莲房一般的果实，何首乌有拥肿的根。

写得多么有生趣！我们在这里看到了油蛉、蟋蟀、斑蝥等事物。如果仅仅描摹了形状，我们只是知道了知识，但是鲁迅却说"何首乌根是有像人形的，吃了便可以成仙，我于是常常拔它起来，牵连不断地拔起来，也曾因此弄坏了泥墙，却从来没有见过有一块根像人样"。在这段话里有传说，有一个孩子的好奇心，而这样的好奇心也不仅属于鲁迅的童年，它属于很多人的共同记忆。

## 这是可以写的吗？

鲁迅先生写到百草园的有趣时，也写到了三味书屋的无趣；而在写三味书屋的无趣的时候，他也写了很多小孩的顽皮：

"读书!"

于是大家放开喉咙读一阵书,真是人声鼎沸。有念"仁远乎哉我欲仁斯仁至矣"的,有念"笑人齿缺曰狗窦大开"的,有念"上九潜龙勿用"的,有念"厥土下上上错厥贡苞茅橘柚"的……先生自己也念书。后来,我们的声音便低下去,静下去了,只有他还大声朗读着:

"铁如意,指挥倜傥,一座皆惊呢;金叵罗,颠倒淋漓噫,千杯未醉嗬……"

我疑心这是极好的文章,因为读到这里,他总是微笑起来,而且将头仰起,摇着,向后拗过去,拗过去。

这是儿童视角的写作,尤其是最后写到孩子们在课堂上的小动作,"有几个便用纸糊的盔甲套在指甲上做戏。我是画画儿,用一种叫作'荆川纸'的,蒙在小说的绣像上一个个描下来,像习字时候的影写一样",这是中小学生课堂中的日常,我们在课堂上也经常做一些别的事情,这是可以写的吗?其实,平时看到的、感受到的有趣的事情,都可以写下来。因为鲁迅写出了少年觉得"有趣",而大人看来"无趣"的事情,这部作品才有不一样的味道,才能让人共情。

《从百草园到三味书屋》为什么会成为中学语文课本里反复解读的作品,当然首先是因为鲁迅写得好,但同时,我们也要看到哪里好。我们是否也能把自己觉得有趣的事情,而不是大人所觉得有趣的事情写下来?写童年应该从何写起?对于日常生活之"有"的捕捉是重要的。我们要从自己童年的小事和"有趣"说起。

**以上作品出自:**

鲁迅:《从百草园到三味书屋》,《鲁迅全集》第2卷,人民文学出版社,2005年

## 第二节　我爱北京的"枝枝节节"

——老舍《想北平》、林海音《苦念北平》、
肖复兴《老北京的夏天》、郁达夫《北平的四季》

### 捕捉不起眼的"物"

去某地旅行之后，老师们会让我们去写对一个城市的看法、一个城市的印象。每当这个时候，我们总不知道从何说起。如何呈现出一个城市的好，需要我们去捕捉不起眼的"物"。首先要认识到，真正的写作是呈现，而不是给出一个固定的结论。我们来看老舍先生的《想北平》。关于北平，他有一段很有意思的话：

> 我所爱的北平不是枝枝节节的一些什么，而是整个儿与我的心灵相黏合的一段历史，一大块

地方，多少风景名胜，从雨后什刹海的蜻蜓一直到我梦里的玉泉山的塔影，都积凑到一块，每一小的事件中有个我，我的每一思念中有个北平，这只有说不出而已。

"每一小的事件中有个我"是什么意思？指的是每一个事物里都有个人的情感。一个熟悉北平的人写北平，如何去写呢？对老舍而言，他要找的是北平的血液，"它是在我的血里，我的性格与脾气里有许多地方是这古城所赐给的"。老舍提到了很多东西：

好学的，爱古物的，人们自然喜欢北平，因为这里书多古物多。我不好学，也没钱买古物。对于物质上，我却喜爱北平的花多菜多果子多。花草是种费钱的玩意，可是此地的"草花儿"很便宜，而且家家有院子，可以花不多的钱而种一院子花，即使算不了什么，可是到底可爱呀。墙上的牵牛，墙根的靠山竹与草茉莉，是多么省钱省事而也足以招来蝴蝶呀！至于青菜，白菜，扁豆，毛豆角，黄瓜，菠菜，等等，大多数是直接由城外担来而送到家门口的。雨后，韭菜叶上还往往带着雨时溅起的泥点。青菜摊子上的红红绿绿几乎有诗似的美丽。果子有不少是由西山与北山来的，西山的沙果，海棠，北山的黑枣，柿子，进了城还带着一层白霜儿呀！哼，美国的橘子包着纸；遇到北平的带霜儿的玉李，还不愧杀！

在老舍那里，北平的美好是什么，那些"枝枝节节"是什么？是"墙上的牵牛"，是"墙根的靠山竹与草茉莉"，是"青菜，白菜，扁豆，毛豆角，黄瓜，菠菜"。这再一次告诉我们辨认的重要性，只有爱上这些植物，认出它，它们才会进入你的写作之中。对于大多数人而言，把它们写出来已经很好了，但一位作家的创造性在于要写出这些事物的独特性——老舍的笔并不停留在事物的表面，所以他写出了"雨后，韭菜叶上还往往带着雨时溅起的泥点"，这来自作家对细微事物的观察。

### 写作的人有自己的"抓手"

远在异乡想念北平的时候，老舍先生想起的并不是那些轰轰烈烈的大场景，而那些北京城里寻常微小的风物才构成了他真正长久的思念。在我主编的《散文中的北京》中,有许多文章写北平的有趣,作家们各有自己的"抓手",有时候这"抓手"是物,有时候是场景。比如《北平通信》中,废名想念北平,想念的是夏天的大雨。他写了一个场景,是雨中在郊外走路,雨一下子就下得那么大了,"城里马路岸上倒成了'河',雨过天晴小孩们都在那里'蹚河',也有虾蟆来叫一声两声了"。废名也想念天棚、鱼缸、石榴树,这些都是在生活里经常有,看起来又不值得写的事情,但废名要把它写下来,因为那是北平人生活的寻常。还比如《城南旧事》的作者林海音,她从少女时期到中年都在北平度过,她的回忆里盛满了北平四季生活的经历。比如,春天去看中山公园的芍药、牡丹,夏季雨后赶去北海划小船,到了秋天,她和朋友们相约去西山看红叶、吃真正的松枝烤肉,还有初冬围炉夜话后的消夜,这些都是她美好记忆的一部分。当她写这些物的时候,它们不仅仅是物,还构成了一种场景、一种氛围。

　　肖复兴喜欢的是"老北京的夏天"。他先写北京的夏天是如何来到的:

在北京，真正热起来，是芒种之后。芒种过后，夏至到了。在周礼时代，夏至曾经被定为是一个伟大的节日。白天祭地，夜晚焚香，祈求灾消年丰，这是农业时代人们心底普遍的愿景。

为写老北京的夏天，他在酷热之中找到了一个独特的日常之物——"冰"。老北京人为了消暑，想出了各种各样的办法："在没有冰箱和空调的年代里，盛夏的日子，解暑唯有靠冰，发的冰多少，居然由工部这样正儿八经的衙门颁发冰票，还得按官阶大小领取。"而随着卖冰生意多起来，各种装冰的物品器具也开始出现，肖复兴予以耐心描绘：

冰碗和铁皮冰箱是其中两种。冰碗，指的是几种夏季水果并置于碗中，碗的底部放着碎碎冰，是一种冰镇水果，叫作水果碗，很适合炎夏消暑。也有在碗里碎碎冰上面，放新鲜的莲子、藕片、菱角肉、鸡头米的，再在上面点缀鲜核桃仁和杏仁的，这种冰碗叫作河鲜碗。前辈邓云乡先生曾经专门写过文章，介绍在什刹海夏天的荷花市场上卖的这种河鲜碗，认为"是荷花市场最精美的食品"。

……

这样的铁皮冰箱,是如今冰箱的前身了。我没有见过,连听说都未曾听说过。这是有钱人的奢侈品,并不像张恨水说"只花两三元钱""再花一元五角钱"那样的轻松。那时候,一般人家每月才挣多少钱呀。不要说这样的冰箱,就是冰碗,虽然见过,却从来没有吃过。那时候,对于如我一样家庭生活拮据的人来说,能够买一盘刨冰,就已经是夏天很好的享受了。这种刨冰,是用机器将冰块搅碎,再在上面浇上一层兑上了颜色鲜艳的糖汁。对于我,已经很是"彻齿而沁心"了。

对冰的凝视,使他笔下的北京夏天生动活络起来。"冰窖厂一直存活于北平和平解放之后,那里还在存冰、卖冰。炎炎夏日,拉冰的板车常出入那里,东去三里河,西去珠市口,去各生意家送冰。"这都是过往北京街头市井的景象。

除了写到冰,他也写到北京夏天的美味,比如奶酪、酸梅汤、果子干:

柿饼的霜白，杏干的杏黄，枣的猩红，梨片和藕片的雪白，真的是养眼。关键是什么时候到那里吃，果子干上面都会浮着那一层透明如纸吹弹可破的薄冰。

这些食物所蕴含的美妙，几乎都能透过纸页传递而来。

## 去找最富有情景感的地方

还有一位作家也要提到——郁达夫。他在《北平的四季》写到了北平的冬天。对他而言，涮羊肉构成了抵御寒冷的利器，他写的是"涮羊肉"这件事：

你只教把炉子一生，电灯一点，棉门帘一挂上，在屋里住着，却一辈子总是暖炖炖像是春三四月里的样子。尤其会得使你感觉到屋内的温软堪恋的，是屋外窗外面呜呜在叫啸的西北风。天色老是灰沉沉的，路上面也老是灰的围障，而从风尘灰土中下车，一踏进屋里，就觉得一团春气，包围在你的左右四周，使你马上就忘记了屋外的一切寒冬的苦楚。……酒已经是御寒的妙药了,再加上以大蒜与羊肉酱油合煮的香味,简直可以使一室之内,涨满了白蒙蒙的水蒸温气。玻璃窗内,前半夜,会流下一条条的清汗,后半夜就变成了花色奇异的冰纹。

下雪的时候哩,景象当然又要一变。早晨从厚棉被里张开眼来,一室的清光,会使你的眼睛眩晕。在阳光照耀之下,雪也一粒一粒的放起光来了,蛰伏得很久的小鸟,在这时候会飞出来觅食振翎,谈天说地,吱吱地叫个不休。

写酒、羊肉、香味的过程中,氛围感和情景的再现是很重要的。所以当我们说起一个城市,先选择一个城市的风物,是写好一篇文章的"抓手"。再举一个例子,就是俞平伯《陶然亭的雪》,让作家难以忘怀的是冰融雪的泥,这也是他所捕捉到的独特之物:

我只记得青汪汪的一炉火,温煦最先散在人的双颊上。那户外的尖风呜呜的独自去响。倚着北窗,恰好鸟瞰那南郊的旷莽积雪。玻璃上偶沾了几片鹅毛碎雪,更显得它的莹明不滓。雪固白

21

得可爱，但它干净得尤好。酿雪的云，融雪的泥，各有各的意思；但总不如一半留着的雪痕，一半飘着的雪花，上上下下，迷眩难分的尤为美满。

在日常居住的城市中，我们要捕捉最令人难忘、最富有情景感的地方，要将这些地方描写出来，让不了解这座城市的人看到之后难以忘记。而写一个陌生的城市呢，则要有来自陌生人的眼光，那是和本地人不同的。比如我们去天津，就会觉得天津话很有趣，会觉得天津的相声、煎饼馃子有意思，那我们就可以把一个食物的美味、一个景色的有趣呈现出来。但无论怎样，要认识到，写物是重要的，写"枝枝节节"和日常是重要的，要由此培养自己独特的观察力和感受力。

**以上作品出自：**

老舍：《想北平》，《老舍全集》第14卷，人民文学出版社，2013年

废名，《北平通信》，《废名散文》，人民文学出版社，2023年

林海音：《苦念北平》，《林海音文集：在胡同里长

大》,江苏文艺出版社,2011年

肖复兴:《老北京的夏天》,《咫尺天涯》,生活·读书·新知三联书店,2019年

郁达夫:《北平的四季》,《郁达夫散文》,人民文学出版社,2021年

俞平伯:《陶然亭的雪》,《俞平伯散文》,人民文学出版社,2023年

## 第三节　写蚕豆时我们到底在写什么？

### ——毕飞宇《蚕豆》

## 热的蚕豆如何成为记忆的"抓手"

蚕豆是在我们日常生活中很常见的食物。那么，关于蚕豆的故事如何从日常生活出发去写？每一个人心里或许都有和豆子有关的故事，毕飞宇有一篇散文《蚕豆》，他说："我要写下和蚕豆的故事，这是我终生都不能忘怀的。"从这里，他写自己的往事，写自己与蚕豆的关系。

文章写道，他是由一位奶奶养大的，她相当于"保姆"，"和奶奶在一起的时间比和父母在一起的时间还要多"。当少年长大到十一岁的时候，他要去一个很远的地方，于是文章写到他来奶奶家辞别。奶奶很高兴孙子已经懂事，但因为守寡不久，他能感觉到奶奶的高兴中有着一种压抑的情感：

> 那时候奶奶守寡不久，爷爷的遗像已经被挂在墙上，奶奶还高高兴兴地对着遗像说了一大通的话。可无论奶奶怎样高兴，我始终能感觉到她身上的重。她的笑容很重，很吃力。我说不上来，很压抑。奶奶终于和我谈起了爷爷，她很内疚。她对死亡似乎并不在意，"哪个不死呢"，但奶奶不能原谅自己，她没让爷爷在最后的日子"吃好"。奶奶说："家里头没得唉。"

尽管奶奶家的生活很贫苦，但在少年要离开前，奶奶还是决定炒蚕豆给他带走。这也是这篇文章最生动精彩的部分：

> 奶奶后来拿过来一个丫杈，从屋梁上取下一个竹篮，里头是蚕豆。奶奶让我去帮她烧火，我就去烧火。我一边添柴火，一边拉风箱，知道了，奶奶最后的决定是炒蚕豆让我带走。多年之后，我聪敏一些了，才知道，那些蚕豆是奶奶一颗一颗挑出来，预备着第二年做种用的——只有做种

的蚕豆才会被吊到屋梁上去。蚕豆炒好了,她把滚烫的蚕豆盛在簸箕里,簸了好长时间,其实是在给蚕豆降温。然后,奶奶让我把褂子脱下来,拿出针线,把两只袖口给缝上了,两只袖管即刻就成了两只大口袋。奶奶把装满蚕豆的褂子绕在我的脖子上,两只口袋就像两根柱子,立在了我的胸前。奶奶的手在我的头发窝里摸了老半天,说:"你走吧,乖乖。"

很显然,少年在当时很仔细地观察了奶奶的动作,所以才写到她"让我把褂子脱下来,拿出针线,把两只袖口给缝上了,两只袖管即刻就成了两只大口袋"这样令人难忘又十分生动的画面。少年和奶奶之间是恋恋不舍的,但是在书写的时候要如何呈现出来,是这篇散文的魅力。有温度的蚕豆是传达两人情感的重要"抓手",也是记忆的"抓手",这是毕飞宇所提炼出的精彩细节。带着热气的蚕豆温暖着少年的心,奶奶和孙子之间的情感也都落实在了那家常之物上。

## 写出人和人之间的关系

写人和人之间发生的关系，很可能要落在一个"物"上。比如"我"和一个朋友一起去爬香山，回来的时候他把一片红叶送给了"我"，那么，这片红叶就变成了一个物，就变成了一个有象征性、纪念性的东西。像前面所说，日常生活中，我们要学会提炼出生活中有意思的"抓手"。比如，如果写爸爸爱旅行，他是不是每天会拿着相机到处记录？相机是什么样子，他拍摄的习惯怎样？写作的时候要有意去找到这样的内容，找到属于我们的细节。

《蚕豆》里还写到，在"我"拿到很多蚕豆之后，一路上如何边走边吃的细节：

在我的一生当中，这是我第一次拥有这么多的炒蚕豆，都是我的，你可以想象我这一路走得有多欢。蚕豆还是有点烫。我一路走，一路吃，好在我所走的路都是圩子，圩子的一侧就是河流，这就保证了我还可以一路解渴。杨家庄在我的身后远去了,奶奶在我的身后远去了。在后来的岁月里,我不停地回想起这个画面。

这个场景多么鲜活。它写的是一个少年记忆深处的温暖。当然,文章还没有结束。难忘的蚕豆的细节与画面,形成了将故事继续讲下去的动力。文章继续写道:

> 1986年,我在扬州读大学。有一天,接到了父亲的来信,说我的姑姑,也就是奶奶唯一的女儿,死了。她服了农药。我从扬州回到了杨家庄,这时候我已经是一个22岁的大小伙子了。

十一年之后,我再一次站在奶奶面前,我几乎已经遗忘了奶奶,但"老人家一眼就把我认出来"。因为"我"已经长高,没想到奶奶的个子其实很小,便只有弯下腰来,才能让奶奶摸到头。而在此不久后,奶奶便去世了。

## "你的头发很软"

这篇文章并没有结束在奶奶去世的消息中，散文的结尾处，有一个让人情感深有共鸣的处理：

> 1989年，我的小妹来南京读书了，我去看望她。小妹说："哥，你的头发很软。"我说："你怎么知道的？"小妹说："奶奶告诉我的。"

小妹说："奶奶时常唠叨你，到死都是这样。"小妹说，奶奶对少年头发触觉柔软的难以忘记，点明了奶奶对少年的情感。而这情感是双向的："无论是多是少，我每一次想起奶奶总是从那些蚕豆开始，要不就是以那些蚕豆结束——蚕豆就这样成了我最亲的食物。"蚕豆是"我"和奶奶之间的"凭借"，所以它成了和"我"最亲近的食物。

如果稍微观察便会注意到，在《蚕豆》中，毕飞宇抓到了两个"物"，一个"蚕豆"，一个"头发"——蚕豆是少年的记忆，而头发软的细节包含了奶奶对他的想念。这就是我们在这一章里为何反复强调"物"的重要性和"有"的重要性。因为和奶奶有感情,奶奶给的蚕豆他才会一直记着;正是因为奶奶和他有感情,所以他头发的柔软也会一直被奶奶记住。

**以上作品出自:**

毕飞宇:《蚕豆》,《毕飞宇文集:苏北少年"堂吉诃德"》,人民文学出版社,2017年

## 第四节　生活中那些可爱的小兔子和小仓鼠
### ——李娟《我的阿勒泰》

### 写一个与众不同的开头

我们在写文章的时候，总会有一个想法：现在要写一篇作文了。当我们这样想的时候，其实很容易会有一种"程式感"。好的作品要用日常的语言，要松弛，而不是先起一个"范儿"。在这里，我想以李娟为例。李娟是一位散文作家，一直生活在阿勒泰，和母亲经营了一家小杂货店。她的作品之所以被人们喜欢，是因为她能够用日常的语言去书写生活，而且表达很有趣，很放松。

我们来看她一篇作品的开头："我在乡村舞会上认识了麦西拉。他是一个漂亮温和的年轻人，我一看就很喜欢他。"（《乡村舞会》）在日常生活里我们通常会这样说话，但是会这样写吗？我们可能会觉得这样的写法太过于随意，但其实并不是，李娟的写作恰恰在于没有矫揉造作的架势。"在库委，我每天都会花大把大把的时间用来睡觉——不睡觉的话还能干什么呢？"（《在荒野中睡觉》）这是她另一篇文章的开头。如果一个少年说："在暑假，我每天都会花大把大把的时间去打球，我不打球又能干什么？"我们会这样说吗？很多同学可能会觉得这不太像一篇文章的开头。在日常生活中，有很多事情是我们平时去做的，但不会将这些事情写进我们的文章。其实写作要打破框框，李娟的魅力就在于把这些事情写出来，当她这样写的时候，她找到了一种很自在的表达方式。

我们会看到她有年轻女孩子的天真、自然、率性，这是一个无拘无束的声音。我们之所以会记住李娟的作品，就是因为她这种真实的表达。她的文字既风趣幽默又自然亲切，那么她的风趣在哪里？我们再来看她的一篇文章。

## 写一个风趣幽默的故事

《我所能带给你们的事物》里，第一句话便是：

"我从乌鲁木齐回来,给家里人买回两只小兔子。"非常简洁,就是一个陈述句,但是她要怎么写下去?卖兔子的人告诉她:"这可不是普通兔子,这是'袖珍兔',永远也长不大的,吃得又少,又乖巧。""结果,买回家不到两个月,每只兔子就长了好几公斤。比一般的家兔还大,贼肥贼肥的,肥得跳都跳不动,只好爬着走。真是没听说过兔子还能爬着走……"在这一处我们会发现,出现了一个关于小兔子永远长不大的谎言。在日常生活里,我们会想到欺骗消费,我们当然可以说是卖兔子的人骗了她,但是李娟想到将这件事情写下来,她把"袖珍兔"长成肥肥的兔子的过程,变成有趣的故事讲给我们听,并且她的文字有一种语言的魅力:"而且还特能吃,一天到晚三瓣嘴喀嚓喀嚓磨个不停,把我们家越吃越穷。给它什么就吃什么,毫不含糊。"这是极有日常感的语言,"到了后来居然连肉也吃,兔子还吃肉?真是没听说过兔子还能吃肉的……后来,果然证实了兔子是不能吃肉的,它们才吃了一次肉,就给吃死了。"李娟的讲述是非常有趣的,会引起我们发笑。

假如李娟要非常一本正经地讲一个故事,这个作品太过中规中矩、像模像样。可是单纯的惹人发笑的作品也不是一个好的艺术创作。这需要文学性的表达、文学性的幽默。

故事中的李娟在乌鲁木齐打工，每次回到家中，便想到要为家人带一些礼物。她详细地写到采购礼物的心理过程："只要我从乌鲁木齐回家，一定会带很多很多东西的。乌鲁木齐那么大，什么东西都有，看到什么都想买。但是买回家的东西大都派不上什么用场。想想看，家里人都需要些什么呢？妈妈曾明确地告诉过我，家里现在最需要的是一头毛驴，进山驮东西方便。可那个……我万万办不到。"家里人想要的东西"我"都采购不到，或是带不回来，但那些带回来的东西就一定是珍贵的，是令家人喜爱的吗？我们看她是怎样写的：

我又能给家里带来什么呢？每次回家的头一天，总是在超市里转啊，转啊。转到"中老年专柜"，看到麦片，就买回去了。我回到家，说："这是麦片。"她们都很高兴的样子，因为之前只听说过，从没尝过。我也没吃过，但还是想当然地煮了一大锅。先给外婆盛一碗，她笑眯眯喝了一口，然后又默默地喝了一口，说："好喝。"然后死活也不肯喝第三口了。

生活里我们也常会买到一些无用之物，比如像文中那样给家里人买了没用的麦片，但你是否会把它们写出来？在李娟的笔下，"死活也不肯喝第三口"的这个事实是很鲜活的，这说明了家里人一种放松的相处方式。她说，她还买过咸烧白、红糖，最后发现都是"中看不中用"的：

> 我还买过咸烧白。封着保鲜膜，一碟一碟摆放在超市里的冷柜里，颜色真好看，和童年记忆里的一模一样。外婆看了也很高兴，我在厨房忙碌着热菜，她就搬把小板凳坐在灶台边，兴致很高地说了好多话，大都是当年在乡坝吃席的趣事。还很勤快地帮着把筷子早早摆到了饭桌子上。等咸烧白蒸好端上来时，她狠狠地夹了一筷子。但是勉强咽下去后，悲从中来。

"悲从中来"这段文字的波澜便呈现了出来，这种波澜还包括故事最初写到的小兔子和小耗子成了家人们的朋友：

我不在家的日子里，兔子或者没尾巴的小耗子代替我陪着我的家人。兔子在房间里慢慢地爬，终于爬到外婆脚下。外婆缓慢地弯下腰去，慢慢地，慢慢地，终于够着了兔子，然后吃力地把它抱起来。她抚摸兔子倒向背后的柔顺的长耳朵，问它："吃饱没有？饿不饿？"——就像很早很早以前，问我"吃饱没有？饿不饿？"一样。天色渐渐暗下来，又是一天过去了。

在另外一处，外婆还带着小耗子们到草地上玩耍：

于是外婆就唠唠叨叨地埋怨妈妈刚才骂它们骂太狠了，都吓畏缩了。她又努力弯下腰把手伸进笼子，把它们一只一只捉出来放到外面，让它们感觉到青草和无边的天地。阳光斜扫过草原，两只小耗子小心地触动身边的草叶，拱着泥土。但是吹过来一阵长长的风，它们顿时吓得连滚带爬钻回笼子里，怎么唤也唤不出来了。

这是人与动物、人与自然之间和谐而美好的画面。这样的画面来自李娟对自己家人的观察，她捕捉到了人与动物之间的交流，以及日常中的美好瞬间。

## "你回来了就好了，我很想你"

这位作家要怎么结束这样一个有关买宠物的故事呢？文章最后写到了家人对兔子之死的反应：

> 兔子死了的时候，我妈对我说："以后再也别买这些东西了，你能回来，我们就很高兴了。"我外婆对我说："以后再也别买这些东西回来了，死了可怜得很……你回来了就好了，我很想你。"

日常化的语言背后，是深情的表达，是妈妈和外婆对"我"的真挚情感。于是文章结尾处出现了这样一个场景：

> 又记得在夏牧场上，下午的阳光浓稠沉重。两只没尾巴的小耗子在草丛里试探着拱一株草茎。世界那么大。外婆拄杖站在旁边，笑眯眯地看着。她那暂时的欢乐，因这"暂时"而显得那样悲伤。

"暂时"这个词，充满了怅惘，故事就这样结尾了，这个时候，我们发现外婆已经去世了。李娟没有直接写想念外婆，也没有写她和外婆、母亲之间的情感，但整个故事讲起来却是一波三折的，深深引发了读者共情。

李娟的文章看似不着痕迹、非常自然，但是这个"自然"是作者经过精心构思和处理的，而不是照着生活本身的素描。这也正是李娟能够收获不同的读者层次的喜爱，成为一名老少咸宜的作家的原因。

在今天人人都可以拿起笔的时代里，写得好变得很困难。李娟最为独特的魅力是什么呢？是用最日常朴素的语言讲一个有趣、有意味的故事，这种有趣不是戏剧性大开大合的，而是在日常生活之中捕捉有趣和好笑的时刻。很多同学在日常生活中会碰到好玩的事情，要如何把它们表达出来，其实可以学着用日常说话的方式讲出来。读李娟的作品，要学着从作品里感受并学习她如何鲜活地表达身边的那些"有趣"。

**以上作品出自：**
李娟：《我的阿勒泰》，花城出版社，2021 年

## 第五节　一千张糖纸产生怎样的故事？

——铁凝《一千张糖纸》

**"您为什么要我们攒糖纸呀？"**

正像前面所说，无论童年还是季节，其实是非常宽泛的、"虚"的概念，怎么写呢？作家们都选择了一个"抓手"、一种"凭借"。因为是在"实在"的基础上升发感悟，所以读来并不枯燥。比如，《一千张糖纸》，作品写的是对一件事的讲述：

> 小学一年级的暑假里，我去北京外婆家做客。正是"七岁八岁讨人嫌"的年龄，外婆的四合院里到处都有我的笑闹声。加之隔壁院子一个名叫世香的女孩子跑来和我做朋友，我们两人的种种游戏更使外婆家不得安宁了。

......

当我们终于笑得不笑了,表姑又说:"世香不是有一些糖纸么,为什么你们不花些时间攒糖纸呢?"我想起世香的确让我参观过她攒的一些糖纸,那是几十张美丽的玻璃糖纸,被她夹在一本薄薄的书里。可我既没有对她的糖纸产生过兴趣,也不打算重视表姑的话。表姑也是外婆的客人,她住在外婆家养病。

世香却来了兴致,她问表姑:"您为什么让我们攒糖纸呀?"表姑说糖纸攒多了可以换好东西,比方说一千张糖纸就能换一只电动狗。

这个场景真是鲜活。在这里,作家选择了两个物,一个"糖纸",一个"电动狗"。在二十世纪九十年代,我们会看到电动狗是多么激励着孩子们:

我们都在百货大楼见过这种新式的玩具,狗肚子里装上电池,一按开关,那毛茸茸的小狗就汪汪叫着向你走来。电动狗也许不会被今天的孩子所稀奇,但在二十多年以前,在中国玩具单调、匮乏的时代,表姑的允诺足以使我们激动很久。

为了获得电动狗,女孩们改变了在四合院中吵闹的习惯,为收集糖纸而奔走在大街小巷上:

> 我们走街串巷,寻找被人遗弃在犄角旮旯的糖纸,我们会追随着一张随风飘舞的糖纸在胡同里一跑半天的;我们守候在食品店的糖果柜台前,耐心等待那些领着孩子前来买糖的大人,等待他们买糖之后剥开一块放进孩子的嘴,那时我们会飞速捡起落在地上的糖纸,或是"上海太妃",或是"奶油咖啡";我们还曾经参加世香一个亲戚的婚礼,婚礼上那满地糖纸令我们欣喜若狂。我们多么盼望所有的大人都在那些日子里结婚,而所有的婚礼都会邀请我们!
>
> 我们把那些皱皱巴巴的糖纸带回家,泡在脸盆里使它们舒展开来,然后一张一张贴在玻璃窗上,等待着它们干后再轻轻揭下来,糖纸平整如新。

### "表姑逗着你们玩哪"

故事的转折性在于,当孩子们跑到表姑跟前,拿出了两千张糖纸的时候,表姑所作出的反应:

表姑不解地问我们这是干什么，我们说狗呢，我们的电动狗呢？表姑愣了一下，接着就笑起来，笑得没完没了，上气不接下气。待她笑得不笑了，才擦着笑出的泪花说："表姑逗着你们玩哪，嫌你们老在院子里闹，不得清静。"

世香看了我一眼，眼里满是悲愤和绝望，我觉得还有对我的藐视——毕竟，这个逗着我们玩的大人是我的表姑啊。

你看，这个故事里让人震动的是这句话——"逗着你们玩"，在此处，"逗着你们玩"变成了一种划痕，划在了所有读者的记忆里面。我们不仅仅会在少年时代，在往后岁月里也会遇到各种各样的"逗着你们玩"，许多时候还将"逗着你们玩"当真了。在小孩们把糖纸扔起来随空飘去的时候，作为读者的我们或许都感受到震惊，而当我们和散文中的人物一起深感触动时，这篇文章也就变成了一篇能够跨越时间与之共鸣的作品。

## 孩子是不可以欺骗的

我想说，欺骗与信任，世故与天真的纠缠，都体现在有关糖纸的故事里。当我们想到那一千张糖纸,便会想到承诺的可贵。这也是作者在多年之后还能记住这件事的原因。一如结尾的那段话:

> 孩子是可以批评的,孩子是可以责怪的,但孩子是不可以欺骗的,欺骗本是最深重的伤害。
> 我们已经长大成人,可所有的大人不都是从孩童时代走来的么?

你们看,在这个故事里,物在迁移流转之中,使故事拥有了"越轨"的笔致。这是讲故事的魅力。青少年朋友们写作时,也要努力寻找在自己生活中引起了波澜、让我们感到愤怒或者不高兴的东西,当然前提是要找到合适的、引起我们情绪波动的"物",凝视它,写下它。

**以上作品出自:**
铁凝:《一千张糖纸》,《铁凝散文》,人民文学出版社,2022年

## 第六节　当我们写熟悉的陌生人，该从何说起？

——王安忆《比邻而居》、阿来《声音》

### 写邻居，从他们家的油烟味开始

前面讲到的"物"都是看得见摸得着的，但也有不能触摸却仍是"物"的东西，比如气味。今天，我们要来读王安忆的作品《比邻而居》。这是一篇写邻居生活的散文。如今，我们很多人都住在小区中，我们大都不清楚邻居是什么样子，也不清楚他们的职业，所以，当我们要写邻居时，会很困扰。那么，王安忆是如何来写"我"和邻居之间的关系呢？

作品的起笔，是油烟机管道飘来邻居家的油烟味：

> 当时，装修的时候，就有人提醒我，不要使用这条公共烟道，应该堵上，另外在外墙上打一

个洞，安置排油烟机的管子。可是，我没听他的。好了，现在，邻居家的油烟味就通过我家的排油烟机管道，灌满了厨房。

对其他人而言，或许邻居家的油烟味会使他们感到生活不方便，但作家却有着独特的理解："这是由这油烟的气味决定的。这气味是一路的；就是说：是一种风格。怎么说？它特别火爆。花椒、辣子、葱、姜、蒜、八角，在热油锅里炸了，轰轰烈烈起来了。它似乎是靠近川菜的一系，可又不尽然。葱姜和酱的成分多了，使它往北方菜系上靠了靠。但，总而言之，这家在吃上面是大开大合、大起大落的风范，相当鲜明和强烈。"很显然，我们的写作者充分调动了她的嗅觉，来仔细观察邻居的生活。

之前我们说过，要去辨认植物与动物的名字，在王安忆的这部作品里，我们的作家则是通过气味辨认食物：

> 他们常炖的有猪肉，牛肉，鸡鸭，除了放花椒、八角、茴香这些常用的作料外，他们似乎还放了一些药材。这使得这些炖菜首先散发出一股

辛辣的药味，然后，渐渐地，渐渐地，这股子辛辣融化为清香，一种草本性质的清香，它去除了肉的肥腻味，只剩下浓郁的蛋白质的香气。

你们看，名词，在这篇文章里再次显示了重要性。

## "他们过日子有着一股子认真劲"

这种对油烟味的敏感也表明作者喜欢做饭，或者经常观察他人做饭的。而随着文章的讲述，慢慢地，我们对隔壁邻居家产生了好感，因为他们对于吃饭非常认真：

> 时间长了，我对他们还生出些好感，觉得他们过日子有着一股子认真劲：一点不混。并且，也不奢侈。他们老老实实，一餐一饭地烧着，烧得那股浓油赤酱的味，使人感到，是出力气干活的人的胃口和口味。全是实打实的，没有半点子虚头。烟火气特别足。

接着，文章也提到了邻家日常吃食的丰富。我们会发现王安忆在调动各种味觉的时候，寻觅的其实是"物"，比如"草药"。甚至连生病调养的膳食，她也能通过气味来书写：

> 这段日子蛮长的，这么算吧，每周炖一次鸡汤，总共炖了有四至五次。那么就有一个月出头的时间。草药的苦气味和鸡汤的香味，是这段时间油烟味的基调。这也是认真养病的气味：耐心，持恒，积极，执着。草药的气味先后有些变化：有一段是以苦为主；有一段苦虽苦，却略有回甘；又有一段奇怪地，散发出海带那样的咸腥气。但一日也没断过，准时在上午九时许注入我家厨房，再在下午四时许渐渐收梢。鸡汤的香气是二十四小时长留的。

正是通过王安忆的辨认，我们看到了那些普通老百姓的日常生活。文章看起来没有写作的技巧，但其实非常讲究，它要求作家有很高的鉴别力和对生活的理解力。

> 这一日，厨房里传出了艾草的熏烟。原来，

端午又到了。艾草味里，所有的气味都安静下来，只由它弥漫，散开。一年之中的油垢，在这草本的芬芳中，一点点消除。渐渐的，连空气也变了颜色，有一种灰和白在其中洇染，洇染成青色的。明净的空气其实并不是透明，它有它的颜色。

很显然，每个人读这部作品都很有共鸣。一篇好的作品不仅仅是写一个人的感受和境遇，还会唤起大家的共同感受，这其实是一个个实在的"物"引发了无数人对日常生活情境的想象。

### "声音响起来了"

阿来有一篇散文叫《声音》，在这部作品里，他调动起的是听觉。声音是多么难以表达的事情，阿来却选择了非常具象的方式。他说，一大早，声音便"响起来了"：

声音响起来了。仍然像我几天前第一次听到那样舒缓得有些拖沓：嗒，嗒，嗒，嗒。一路从镇子的东头响过来。这是一匹老马的蹄声。老马年轻的时候，应该是一种亮闪闪的青灰色，有一种金属般的质感。但我昨天在王二姐小酒馆看见这匹马时,却发现它跟酒醉的主人一样,已经很老很老了。

声音纷至沓来,有老马的声音、镇长的声音、旧皮鞋的声音、羊叫的声音、许多门开启的声音。纷繁多样的声音传过来,越来越杂乱,音乐声、鸣叫声、鱼贩的声音、菜贩的声音,等等,它们一起构成了"我"所听到的多重声音。

鼓声响起时,镇子上的人便越来越多,声音也杂乱起来。摩托引擎声,男女调笑声,便携式收录机播放的音乐声,家畜们在镇子上穿行时偶尔的鸣叫声,鱼贩的声音,菜贩的声音,在这些纷乱的生活声音之中,很多的野狗不知从什么地方钻出来,间或尖厉清脆而又无所事事地吠叫几声。这时,草原上的霜已经完全化开了,那轻薄锋利的寒意也已消失。穿过镇子的马路,因为人的行走、车的飞驰和家畜们的奔突而变得尘土飞扬。

从安静的声音到无数的声音,在描述一座小镇从清晨到八九点钟的生活情状时,这部作品把这些声音写得很丰富，也有层次。随着这些声音的进入，我们逐渐知道，作家因为生病在一个镇子里滞留了三天。而躺在床上的三天中，他通过声音熟悉了这个草原上的小镇。此后，每次路过相似的镇子时，那些声音就会响起来，声音成为他的深刻记忆。其实，通过这些声音，阿来写下了这个草原上小镇的生活。

文章最后的声音，是一辆吉普车嘎吱一声刹在马路上——那是同伴们来接他的声音。对声音的捕捉最终变成了对小镇人民和生活的重新记忆。

怎样才能看到那些不同寻常的物？这是在这一章里不断提到的，需要观察和体会，要调动自己的感官，调动听觉、视觉、味觉等。在文字中创造一种场景的能力不是一天能够学会的，需要耳濡目染和熏陶实践。在我们的少年时代，应该有意识地锻炼自己的感受力，锻炼观察世界的能力。

以上作品出自：

王安忆：《比邻而居》，《王安忆短篇小说编年》第3卷（1997—2000），人民文学出版社，2009年

阿来：《声音》，《阿来散文》，人民文学出版社，2016年

## 课后作业

读完本章后,请根据下列题目完成一篇作文,500—800字:

一、我爱这座城市的"枝枝节节"

二、生活中那些可爱的小东西/小动物

## 细读篇目

1. 鲁迅:《从百草园到三味书屋》,《鲁迅全集》第2卷,人民文学出版社,2005年

2. 老舍:《想北平》,《老舍全集》第14卷,人民文学出版社,2013年

3. 废名:《北平通信》,《废名散文》,人民文学出版社,2023年

4. 林海音:《苦念北平》,《林海音文集:在胡同里长大》,江苏文艺出版社,2011年

5. 肖复兴:《老北京的夏天》,《咫尺天涯》,生活·读书·新知三联书店,2019年

6. 郁达夫：《北平的四季》，《郁达夫散文》，人民文学出版社，2021年

7. 俞平伯：《陶然亭的雪》，《俞平伯散文》，人民文学出版社，2023年

8. 毕飞宇：《蚕豆》，《毕飞宇文集：苏北少年"堂吉诃德"》，人民文学出版社，2017年

9. 李娟：《我的阿勒泰》，花城出版社，2021年

10. 铁凝：《一千张糖纸》，《铁凝散文》，人民文学出版社，2022年

11. 王安忆：《比邻而居》，《王安忆短篇小说编年》第3卷（1997—2000），人民文学出版社，2009年

12. 阿来：《声音》，《阿来散文》，人民文学出版社，2016年

**作品集**

张莉主编：《散文中的北京》，北京十月文艺出版社，2022年

# 第二章

# 眼里有，心里有，笔下才有

## ——如何书写那些难忘的人

* 要学会辨认一个人的音容笑貌
* 要认出那个人，认出那个情景，认出那个人身上独特的气质
* 我们写难忘的人，要写他的真实，而不是去美化他

## 导言 写下人本身的朴素和自然，也写下人本身的有趣和烟火气

我们生活在新媒体时代。新媒体使我们的生活迅捷、便利，但有时候也可能会侵蚀我们的感受力。今天的我们多么迷恋线上交流——我们宁可在手机里和人谈天说地，也想不起给身边人一个实实在在的拥抱。

某种意义上，我们对身边事物的细微感受力正在被手机绑架。是的，在一个智能机器人和大数据占重要地位的时代里，人显得如此笨拙。可是，人之所以是人，正是在于他有思考、有情感，在于他脆弱、痛楚、羞怯而非无坚不摧——今天，无论是不是写作者，保持对外在世界的敏感性与疼痛感都很有必要。人之所以为人，就要感受属于人的那些笨拙、羞怯、不安以及痛苦。

在中学时代学习怎样把一个人写好，写得生动鲜活，是非常重要的课题。在这一章中，我首先选择了

朱自清的《背影》。这是写于一九二五年的作品，以前，儿子总是嫌父亲不够聪明，但人到中年才发现自己的笨拙。这部作品朴素、平实、洗尽铅华。朱自清的魅力在于使"背影"成为了汉语里最迷人也最牵肠挂肚的意象。

在《父亲的记忆》《母亲的记忆》之中，孙犁写到他对于父亲和母亲的情感。写母亲对儿子的爱时，他并不直接表达，而是写了这样一个场景："我记得有一个年轻的尼姑，长得眉清目秀。冬天住在我家，她怀揣一个蝈蝈葫芦，夜里叫得很好听，我很想要。第二天清早，母亲告诉她，小尼姑就把蝈蝈送给我了。"

《好时光悄悄溜走》写于二十世纪九十年代，迟子建写的也是父亲。与朱自清不同，迟子建怀念父亲的文字里，写了庭院、花草、菜地、郁郁葱葱的植物和鲜活可爱的动物，当然，也有正值壮年的父亲和母亲。孩子们长大了，但父亲逝去了，"我望着雨中的母亲，忽然觉得时光是如此可怕，时光把父亲带到了一个永远无法再回来的地方，时光将母亲孤零零地抛到了岸边。那一刻我就想：生活永远不会圆满的。但是，曾拥有过圆满，有过，不就足够了吗？"迟子建将记忆中健壮和富有温情的父母永远刻在了文字里。

叶至善《父亲长长的一生》和叶兆言《旧式的情感》写的都是著名作家叶圣陶。《父亲长长的一生》是从儿子的角度书写的，其中描写叶圣陶和冰心在海棠花下相约的场景格外动人，《旧式的情感》则是以孙辈的视角书写了一段令人珍念的祖孙关系。"想一想也简单，一个老人乐意过生日，原因就是平时太寂寞。老人永远是寂寞的，尤其是一个高寿的老人。"

萧红的《回忆鲁迅先生》是关于鲁迅的经典回忆散文。这篇散文以"鲁迅先生的笑声是明朗的"开头，以"天将发白时，鲁迅先生就像他平日一样，工作完了，他休息了"结尾，书写了鲁迅先生日常生活中的诸多细节，为我们还原了一个生活中可亲可感的鲁迅先生，而不是一个被光环笼罩着的伟人。

汪曾祺的《星斗其文，赤子其人》写的是自己的老师沈从文先生，他写下沈从文生活的点滴：他爱用的词是"耐烦"，他不大用稿纸写作，他喜欢搜集器物，尤其是那些被人丢弃的器物，比如"漆盒"……笔触节制而细微，记下了沈从文的多个生活瞬间。

铁凝的两篇散文《温暖孤独旅程》和《四见孙犁先生》，分别是写汪曾祺和孙犁的。在《温暖孤独旅程》中,铁凝写下了汪曾祺生命中重要的"物":马铃薯和蘑菇。"一个连马铃薯都不忍心敷衍的作家,对生活该有怎样的耐心和爱。""一个囊中背着一朵蘑菇的老人,收藏起一切的孤独,从塞外寒冷的黄风中快乐地朝着自己的家走着,难道仅仅为了叫家人盛赞他的蘑菇汤?"在《四见孙犁先生》中,铁凝则捕捉到了关键的"套袖":"他穿一身普通的灰色衣裤,当他腾出手来和我握手时,我发现他戴着一副青色棉布套袖。我很快就如释重负。我相信戴套袖的作家是不会不苟言笑的,戴着套袖的作家给了我一种亲近感。"同样书写孙犁先生的还有贾平凹的《一匹骆驼》,贾平凹写下了他送给孙犁唐三彩骆驼的故事。

这些都是有情之人写下的有情之文。写下身边人的生活和身边人的日常性,写下人本身的朴素和自然,也写下人本身的有趣和烟火气。因为来自本心,因为来自体悟,更因为真情实意,这些作品一经发表便长久引发人共情。

如果这个人让你念念不忘,为什么不写下来呢?如果你对此人、此事、此物完全无感,完全不动情,为什么要写呢?只有对他人有深情的人,才会真切记下所交往的点滴。对写作者而言,写下某个人、某件事时，也在交付给读者他的情感。真正的好散文是一种神奇的联接，它最终使我们和亲人、和萍水相逢的人，形成坚固的情感共同体。

第一节 "我看见他的背影，
　　　　我的泪很快地流下来了"
　　　　——朱自清《背影》

## 写出衣服的质地

写父亲、母亲、家人其实是写作中极为普遍的题目，文学史上的大作家们也都写过自己的亲人。首先绕不开的就是朱自清的《背影》，这已经是文学史上非常有代表性的作品了。《背影》里有一个"送站"的场景，是我们每个人阅读时印象尤为深刻的。孩子要出门远行，爸爸来送站，这个场景在任何一个时代都有，《背影》里是怎样写的呢？

我说道，"爸爸，你走吧。"他望车外看了看，说，"我买几个橘子去。你就在此地，不要走动。"

孩子要上车远行之前,父母突然想去买东西让孩子带上,年轻的时候我们会觉得父母很笨拙,但是当我们长大后,可能也会成为那样的父母。其实,父母不是笨拙,而是对孩子不舍。一个写作者,要眼里有,心里才有。那么作家笔下的"眼里有"是什么?

我看见他戴着黑布小帽,穿着黑布大马褂,深青布棉袍,蹒跚地走到铁道边,慢慢探身下去,尚不大难。可是他穿过铁道,要爬上那边月台,就不容易了。他用两手攀着上面,两脚再向上缩;他肥胖的身子向左微倾,显出努力的样子。这时我看见他的背影,我的泪很快地流下来了。

我们一句句来分析。首先,我们看父亲穿着什么样的衣服,要学会辨认他的穿着。我们一般会说父亲戴着帽子、穿着上衣,但朱自清却写到"黑布小帽""黑布大马褂""深青布棉袍"。这里不仅仅有颜色,还有质地。我们要学会观察衣着,人物穿着一件花衣服,和穿了一件玫瑰花瓣形状的衣服,还是茉莉花瓣形状的衣服是不一样的,这说明了一个写作者的观察仔细程度。我们如果留意一个人,我们对这个人身上的许多地方都会印象深刻。《背影》里朱自清对父亲衣着细节的描摹很到位，也说明儿子对父亲的情感之深。

## "他肥胖的身子向左微倾"

回到父亲要去买橘子的场景，作者写道，"（父亲）蹒跚地走到铁道边，慢慢探身下去"。"蹒跚"这个词说明父亲的行为不利索，然后"他用两手攀着上面，两脚再向上缩；他肥胖的身子向左微倾，显出努力的样子"。父亲是中年人，行动已经不大便捷，他是肥胖的，身材也并不好。

当我们要书写身边人时，是把他写成完美的人，还是诚实地呈现他的本来面貌？这是一个问题。父亲是什么样子，就把这个样子写出来，这是对父亲最大的尊重。所以，在朱自清笔下，父亲是肥胖的、蹒跚的，甚至看起来是笨拙的。

> 这时我看见他的背影，我的泪很快地流下来了。我赶紧拭干了泪，怕他看见，也怕别人看见。我再向外看时，他已抱了朱红的橘子往回走了。过铁道时，他先将橘子散放在地上，自己慢慢爬下，再抱起橘子走。

这个细节其实是分解动作，也说明作者眼里都看进去了，他把这一刻记下来，记下了一个蹒跚的、不舍的老父亲形象。

到这边时，我赶紧去搀他。他和我走到车上，将橘子一股脑儿放在我的皮大衣上。于是扑扑衣上的泥土，心里很轻松似的。过一会儿说："我走了；到那边来信！"我望着他走出去。他走了几步，回过头看见我，说："进去吧，里边没人。"等他的背影混入来来往往的人里，再找不着了，我便进来坐下，我的眼泪又来了。

作者并没有直接写父亲对他的依恋和不舍，但作者通过场景呈现，使读者感受到了这份情感。这就是我们所说的"呈现"的重要性。我相信，这个场景像钉子一样刻印在作者的记忆里。

**"我不知何时再能与他相见！"**

一起来读一读这篇散文的结尾吧：

我北来后，他写了一信给我，信中说道，"我身体平安，惟膀子疼痛利害，举箸提笔，诸多不便，大约大去之期不远矣。"我读到此处，在晶莹的泪光中，又看见那肥胖的，青布棉袍，黑布马褂的背影。唉！我不知何时再能与他相见！

《背影》写的是日常的父亲。这个父亲在别人眼里可能就是一个普通人，但因为作者情感的浸润，变成了关于父子情深的写作。所以你看，早在一百年前，我们的作家在写一个人的时候，就已经开始辨认这个人的音容笑貌，观察他的衣着，注意他的日常行为，写出他的独特性。这便涉及一个问题，写我们身边最熟悉的那个人的时候，我们是要美化他，还是要诚实地传达他的形象？《背影》为我们提供了很好的答案。

**以上作品出自：**
朱自清：《背影》，《朱自清散文》，人民文学出版社，2005年

## 第二节 "为什么这朵花今天忽然开了"

——孙犁《父亲的记忆》《母亲的记忆》

### 在情境中看见父亲

孙犁先生写过一篇散文叫作《父亲的记忆》。他的父亲是一个小职员,孙犁写了这位职员工作的场景:

> 每天掌灯以后,父亲坐在柜房的太师椅上,看着学徒们打算盘。管账的先生念着账本,人们跟着打,十来个算盘同时响,那声音是很整齐很清脆的。打了一通,学徒们报了结数,先生把数字记下来,说:去了。人们扫清算盘,又聚精会神地听着。
>
> 在这个时候,父亲总是坐在远离灯光的角落里,默默地抽着旱烟。

我后来听说，父亲也是先熬到先生这一席位，念了十几年账本，然后才当上了掌柜的。

我们能够从这个场景中直接感受到父亲的能干。写一个人，关键之一在于找到独特的场景。孙犁在这篇散文里写了几个与父亲相关的场景，比如说，抗战胜利后，他从外面回到家，与父亲聊天的场景：

抗战胜利后，我回到家里，看到父亲的身体很衰弱。这些年闹日本，父亲带着一家人，东逃西奔，饭食也跟不上。父亲在店铺中吃惯了，在家过日子，舍不得吃些好的，进入老年，身体就不行了。见我回来了，父亲很高兴。有一天晚上，一家人坐在炕上闲话，我絮絮叨叨地说我在外面受了多少苦，担了多少惊。父亲忽然不高兴起来，说："在家里，也不容易！"回到自己屋里，妻抱怨说："你应该先说爹这些年不容易！"

又比如，孙犁写父亲是一个积德行善的人，他在结尾时这样写道：

父亲对给他介绍工作的姓吴的老头，一直很尊敬。那老头后来过得很不如人，每逢我们家做些像样的饭食，父亲总是把他请来，让在正座。老头总是一边吃，一边用山西口音说："我吃太多呀，我吃太多呀！"

这些细节非常生动鲜活地展现了父亲的品质，但是这些品质不是被直接说出来的，而是在细节中呈现出来的。

## "母亲总是放一碗清水在窗台上"

孙犁还有一篇散文叫作《母亲的记忆》，字数也不多。他不抒情，非常克制，这其实是好的写人散文非常重要的品质。母亲很善良，母亲勤劳的特征怎么表达呢，孙犁写到一个细节：

麦秋两季，母亲为地里的庄稼，像疯了似的劳动。她每天一听见鸡叫就到地里去，帮着收割、打场。每天很晚才回到家里来。她的身上都是土，头发上是柴草。蓝布衣裤，汗湿得泛起一层白碱，她总是撩起褂子的大襟，抹去脸上的汗水。她的口号是："争秋夺麦！""养兵千日，用兵一时！"一家人谁也别想偷懒。

"蓝布衣裤，汗湿得泛起一层白碱"这个细节多好，作家没有直接说母亲劳动的辛苦、不容易，而是使读者看见了母亲劳动后衣服上的白碱。从中能看出孙犁擅长观察生活、捕捉日常生活的本领。

这篇作品写了母亲善良、热心，挂念病中的"我"。"我生下来，就没有奶吃。母亲把馍馍晾干了，再粉碎煮成糊喂我。我多病，每逢病了，夜间，母亲总是放一碗清水在窗台上，祷告过往的神灵。""母亲总是放一碗清水在窗台上"，这就是一个很具体、很有画面感的场景，暗含着母亲对儿子深切的挂念。

**"别人病了往家里走，你怎么病了往外走呢！"**

《母亲的记忆》中还有一个细节写得非常动人。那是在战争年代，作者写自己回家，母亲非常高兴：

抗日战争时，村庄附近，敌人安上了炮楼。

> 一年春天，我从远处回来，不敢到家里去，绕到村边的场院小屋里。母亲听说了，高兴得不知给孩子什么好。家里有一棵月季，父亲养了一春天，刚开了一朵大花，她折下就给我送去了。父亲很心痛，母亲笑着说："我说为什么这朵花，早也不开，晚也不开，今天忽然开了呢，因为我的儿子回来，它要先给我报个信儿！"

世界上写母亲、父亲的文章很多，但是用一朵月季花去表达对儿子的喜爱的，只有孙犁的母亲。从这个细节会发现，母亲爱儿子，但同时也展现了她热爱生活的乐观品质。认出那个人，认出那个情景，认出那个人身上独特的气质，这对写人散文而言有着重要作用。

文章的结尾也非常动人：

> 一九五六年，我在天津，得了大病，要到外地去疗养。那时母亲已经八十多岁，当我走出屋来，她站在廊子里，对我说：
> "别人病了往家里走，你怎么病了往外走呢！"
> 这是我同母亲的永诀。我在外养病期间，母

亲去世了，享年八十四岁。

这是迂回婉转的写法——儿子生病，母亲在廊子里看他，母亲对儿子的关爱都体现在这一场景之中。

我想特别提醒读者们，《父亲的记忆》和《母亲的记忆》两篇散文中，孙犁对结尾的处理方式都是写情境。写父亲的积德行善，结尾落在父亲请给他介绍过工作的山西人吴老头来家里吃饭，吴老头一直用山西口音说："我吃太多呀，我吃太多呀！"写母亲的结尾则是说："别人病了往家里走，你怎么病了往外走呢！"都是用曲折笔法写对父亲的尊敬和对母亲的不舍。这是孙犁散文非常独特的地方，含蓄、内敛、深情，读来念念难忘。

**以上作品出自：**

孙犁：《父亲的记忆》《母亲的记忆》，《孙犁全集（修订本）》第7卷，人民文学出版社，2016年

## 第三节　当"好时光悄悄溜走"

### ——迟子建《好时光悄悄溜走》

**"十年以前，我家还有一个美丽的庭院"**

迟子建有一篇关于父亲的回忆，叫《好时光悄悄溜走》。写父亲要从何时开始说起，她从十年前开始起笔：

> 十年以前，我家还有一个美丽的庭院。庭院是长方形的，庭院中种花，也种树。树只种了一棵，是山丁子树，种在窗前，树根周围用红砖围了起来。那树春季时开出一串串白色的小花，夏季时结着一树青绿的果子，而秋季时果子成熟为红色，满树的红果子就像正月十五的灯笼似的，红彤彤醉醺醺地在风中摇来晃去。花种的可就多

了,墙角、障子边到处种满了扫帚梅、罂粟、爬山虎、步步高、金盏菊等。

从这一段话里我们会感受作家的文字功夫,写得真的是历历在目。这是她的写实能力。回忆童年或者其他什么事时,很重要的一点是带着读者身临其境地回到这个场景。

夏季时结着一树青绿的果子,而秋季时果子成熟为红色,满树的红果子就像正月十五的灯笼似的,红彤彤醉醺醺地在风中摇来晃去。

这几句写得多生动,植物都拟人化了。在这篇散文中,物都被赋予了名字。动物和植物有自己的名字,当我们把这些名字写出来时,作品才会风生水起,才会变得鲜活。

要写父亲,先宕开一笔,她先写院子里的树和花,写鸡架,再写到家里:

房子有三大间,父母合住一间,我和姐姐合住一间,弟弟住一间。厨房里有一条长长的走廊,这条走廊连接着三个房间。整座房子一共开着五个窗口，所以屋子里阳光充足。待到夜晚，若外面有好看的月亮，便可将窗帘拉开，那么躺在炕上就可以顺着窗子看到外面的月亮，月光会泻到窗台上、炕面上，泻到我充满遐想的脸庞上。好的月光总是又白又亮的。

这是充满回忆性的段落，一家人和和美美的场景是温暖的。接下来她写道：

春天来到的时候燕子也来了，墙上挂着的农具就该拿下来除除锈，准备春耕了。我家有三片菜园，一片自留地。有两片菜园围绕着房子，一前一后，前菜园较大，后菜园较小一些。前菜园大都种菠菜、生菜、香菜、苞米、柿子、辣椒。

看这一段我们就会意识到，好作家必须是个生活家，是个博物家。写完植物后，紧接着，她写自己的童年生活：

除了这三片菜园外，我家还有一片广大的自

留地，它离家很远，远到什么程度呢？骑着自行车一路下坡地驰去也要用十几分钟，若是步行，就得用半个小时了。不过我从来没有在半小时之内走完那一段路程，因为我总是走走停停，遇到水泡子边有人坐在塔头墩上钓鱼，我便要凑上去看看钓上鱼来了没有。要是钓上来了则要看看是什么鱼，柳根、鲫鱼，还是老头鱼。有时还去问人家："拿回去炸鱼酱吗？"我最喜欢吃鱼酱。我的骚扰总是令钓鱼人不快，因为我常常不小心将人家的蚯蚓罐踢翻，或者在鱼将要咬钩的时候，大声说："快收竿呀，鱼打水漂了！"结果鱼听到我的报警后从水面上一掠而过，钓鱼人用看叛徒那样的眼光看着我。

迟子建的语言真是鲜活。你看她描述采马蹄莲的方法："采了这棵又看见了下一棵，就朝下一棵跑去，于是就被花牵制得跑来跑去，往往在采得手拿不住的时候回头一看，天哪，我被花引岔路了！于是再朝原路往回返，而等我赶到自留地时，往往一个小时就消磨完了。"读者会觉得这真是一个可爱又活泼的"小迷糊"。

写小时候的生活，迟子建让自己变"小"，回归孩子的视角："我家的自留地很大，大到拖拉机跑上一圈也要用五分钟的时间。那里专门种土豆，土豆开花时，那花有蓝有白有粉，那片地看上去就跟花园一样。到这块地来干活，就常常要带上午饭，坐在地头的蒿草中吃午饭，总是吃得很香。那时就想：为什么不天天在外吃饭呢？"这样的文字里是有生趣的，是孩子的心态，她要带我们回到美好的童年。可是写文章为什么要回到童年？因为她要写的就是"好时光"。这篇作品郁郁葱葱，但其实有一条主线："好时光。"

## "回家啊，回家啊……"

前面主要都是在写风景，接着慢慢写到人，迟子建是这样写的：

> 十年前，我家还是一个完整的家庭。那时祖父和父亲都健在。祖父种菜，住着他自己独有的茅草屋，还养着许多鸟和两只兔子。父亲在小学当校长，他喜欢早起，我每次起来后都发现父亲不在家里。他喜欢清晨时在菜园劳作，我常常见

到他早饭回来的时候裤脚处湿淋淋的。父亲喜欢菜地,更喜欢吃自己种的菜,他常在傍晚时吃着园子中的菜,喝着当地酒厂烧出来的白酒,他那时看起来是平和而愉快的。

写父亲,要了解父亲喜欢做什么。写最难忘的人,就要写出他的日常样子,写出他所爱的事物,写出他的可亲可感。

父亲是个善良、宽厚、慈祥而不乏幽默的人。他习惯称我姐姐为"大小姐",称我为"二小姐",有时也称我作"猫小姐"。逢到星期天的时候,我和姐姐的懒觉要睡到日上中天的时刻,那时候他总是里出外进地不知有多少趟。有时我躺在被窝里会听到他问厨房里的母亲:"大小姐二小姐还没起来?"继之他满怀慈爱地叹道:"可真会享福!"

管女儿们叫大小姐、二小姐,这是多么可爱的称呼!这就是父亲,一个与别人的父亲很不一样的父亲。在文中,迟子建一直在强调"十年前"这样一个时间节点:

十年前我家居住的地方那空气是真正的空气，那天空也是真正的天空。离家不过五分钟的路程，就可以走到山上。山永远都是美的。春季时满山满坡都盛开着达子香花，远远望去红红的一片，比朝霞还要绚丽。夏季时森林中的植物就长高了，都柿、牙各达、马林果、羊奶子、水葡萄等野果子就相继成熟了。我喜欢到森林里去采它们，采完以后就坐在森林的草地上享用。那时候阳光透过婆娑的枝叶投射到我身上，我的脸颊赤红赤红的。

这是愉快的回忆，也有不愉快的回忆；不愉快的回忆里，有伤心和痛苦：

十年一晃就过去了。十年后的晚霞还是滴血的晚霞，只是生活中已是物是人非了。祖父去世了，父亲去世了。我还记得一九八六年那个寒冷的冬季，父亲在县医院的抢救室里不停地呼喊："回家啊，回家啊……"父亲咽气后我没有哭泣，但是父亲在垂危的时候呼喊"回家啊"的时候，我的眼泪却夺眶而出。

只有深切进入"十年前",我们才会在"十年后"这里落泪,因为那样好的父亲走了。

## "十年后的我离开了故乡"

接下来,迟子建写到了十年后。笔锋一转,她没有继续写父亲,而是写母亲:

> 十年后的我离开了故乡,十年后的母亲守着我们在回忆中度着她的寂寞时光。我还记得前年的夏季,我暑假期满,乘车南下时,正赶上阴雨的日子。母亲穿着雨衣推着自行车去车站送我。那时已是黄昏,我不停地央求她:"妈你回去吧,路上到处是行人。""我送送你还不行吗?就送到车站门口。""不行,我不愿意让你送,你还是回去吧。""我回去也是一个人待着,你就让我溜达溜达吧。"我望着雨中的母亲,忽然觉得时光是如此可怕,时光把父亲带到了一个永远无法再回来的地方,时光将母亲孤零零地抛到了岸边。那一刻我就想:生活永远不会圆满的。但是,曾拥有过圆满,有过,不就足够了吗?

作家没有详写父亲去世后家人的悲伤,但是她说"好时光悄悄溜走"。她在文中所回忆的不就是父亲带给家人的"好时光"吗?因为作品里一直有着这样的情感逻辑,我们才会读到那些"不知去向":

> 我在哈尔滨生活已近半年了。我最喜欢那些在街头卖达子香、草莓和樱桃的乡下人。因为他们使我想起故乡,想起那些曾有过的朴实而温暖的日子……那被阳光照耀着的门庭,那傍晚的炊烟和黄昏时落在花盆架上的蝴蝶,那菜园中开花而爬蔓的豆角、黄瓜以及那整齐的韭菜和匍匐着的倭瓜,如今肯定是不知去向了。没有了故乡,我到哪里去?

《好时光悄悄溜走》是优美的、常读常新的散文,生趣盎然。虽然是写怀念,但我们会感觉到草木葱茏。爱不仅仅给父亲,也给了故乡,从字里行间我们会感受到迟子建对自然、对世界的这种爱意。事实上迟子建的作品里有一种"一切景语皆情语"的魅力。正如我在前面提到的,她一直在强调"十年前",在勾勒"十年前"的美景,她希望用这种勾勒让时光停住,这就是文学的力量：虽然父亲已经离世，她已经离开故乡，那个院子已不存在，那片园子也已不存在，但迟子建用她的笔让那些"好时光"永存。

结尾处，我们只须跟着这白纸黑字便回到了历史时间的深处。那是迟子建在少年时代写的诗：

> 当我年轻的时候，
> 我曾有过好时光。
> 那森林中的野草可曾记得，
> 我曾抚过你脸上的露珠。
> 啊，当我抚弄你脸上露珠的时候，
> 好时光已悄悄溜走。

这篇散文中，作家寻找到的是属于"我"和父亲之间关系的情感纽带，这个纽带有时是一个"物"，有时是场景，由此，她传达了对亲人的深切怀念。场景的记录和还原是非常重要的，因为那个场景本身就怀有深深的情感。

以上作品出自：

迟子建：《好时光悄悄溜走》，《迟子建散文》，浙江文艺出版社，2009年

## 第四节　作为普通人的长辈

### ——叶兆言《旧式的情感》

### 看海棠花的叶圣陶和冰心

叶圣陶先生是现代文学史上的著名作家，作家叶至善是他的儿子，叶兆言则是他的孙子。叶至善和叶兆言在书写他们的长辈叶圣陶先生的时候，他们怎样写下一位可亲可敬的文化老人呢？

我们先来看看叶至善是如何书写父亲叶圣陶先生的。他的长篇传记《父亲长长的一生》里，记录了冰心和叶圣陶他们晚年一起看海棠的场景，令人印象深刻。我们先一起来看一下片段：

　　冰心阿姨要来看海棠，是五年前就约下的。五个春天，老人家都在医院中度过的，这回再不践约，更待何时？我托在民进中央工作的朋友跟吴青姐约好，到时候如此这般；暂时还不能说，两位老人家要是知道了，准会在三天之前就兴奋得睡不着觉的。

　　风老刮个不停，海棠转眼就要"绿肥红瘦"了。廿二日早上，居然天从人愿，风停住了。我们稍稍地做各方面准备，还不让老人家知道。直到老人家午睡醒来，给他个喜出望外，说冰心阿姨三点钟来看海棠。老人家以为是才来的电话，走出卧室一看，玻璃杯擦得锃亮，茶叶都放好了，齐齐崭崭摆在茶几上。他才放下了心，站在廊沿上就等三点钟了。冰心阿姨近几年腿脚不利索，难得出门，走动得扶着助行器；这一回有女儿女婿外孙三个陪着。正三点，听得大门外汽车到了，我们扶着父亲迎到二门口。两位老人家握住手，相看了好一会儿，都说想不到大家身体都还好，于是站在海棠花下拍摄了好些照片。冰心阿姨十分羡慕我们家的院子。我们请老人家屋里坐。老人家说海棠花开得这样好，何不在院子里坐些时候。我们搬出椅子来，扶两位老人家坐定，于是又拍摄照片。父亲的耳朵背得厉害，冰心阿姨凑在他耳朵边上高声说话,他还得把手拢在耳朵背后听,摄在照片上,好像两个老小孩在说悄悄话。

……回到客厅,冰心阿姨说不能再坐了,时候已经不早。父亲要我把新开的郁金香剪下三朵,请冰心阿姨带回去。我们扶着父亲送到二门口。两位老人家一再相互叮咛:"千万保重!"

相约一起看海棠是朴素而又日常的生活片段,赏花的一刻,不仅拉近了叶圣陶和冰心的距离,也将两位文学老人拉回到普通人中间。这是非常有文学意味的场景,读后使人难以忘记。

### "老人永远是寂寞的"

叶兆言的《旧式的情感》写的是喜欢过生日的祖父。文章开头,他写了自己作为孙辈的一个困惑:

三年前,在纪念祖父诞辰一百周年时,我有一点想不明白,那就是人们为什么总是对整数特别有兴趣,莫名其妙就成了习惯。记得祖父在世时，对生日似乎很看重……一家老小，都盼过节似的惦记着祖父的生日。是不是整数无所谓，过阴历或阳历也无所谓，快到了，就掰着指头数，算一算还有多少天。

少年时代的他想不明白祖父为何阴历和阳历的生日都要过。然后他就想到他的女儿学校里要写慰问信，没人会写毛笔字，就让祖父给她写，祖父会抄了一些字，邮过来。祖父特别喜欢聊天，他发现祖父晚年的时候，每次和他分手，大家会很难受，会写一些话。这些看起来是很碎片化的日常片段，却是老人晚年生活的写照。

### "他常常表扬我"

散文的结尾写得也很有意思，我们一起来读一读：

祖父平时很喜欢和我对话，他常常表扬我，说我小小年纪，知道的事却不少，说我的水平似乎超过了同龄人。我记得他总是鼓励我多说话，说讲什么并不重要，人有趣了，说什么话，都会有趣。早在还是一个无知的中学生时,我就是一个善于和老人对话的人。我并不知道祖父喜欢听什么,也从来就没有想过这些问题。我曾经真的是觉得自己知道的事多,肚子里学问大,后来才知道那是源于老人的寂寞。

从寂寞入手,叶兆言写的是祖父的晚年生活,也是对祖孙关系的珍念。如何在祖孙关系里去理解一位老人?这篇散文是很好的范例。老人首先是人,很可能还是个寂寞的人,而孩子在很多年之后才能够理解。这篇文字其实便是叶兆言隔着时空理解了叶圣陶老人。为什么我们在一开始要提到冰心和叶圣陶赏海棠花?因为那是老人的日常生活片段。要书写两位文化老人,既要把他们当成老人,但也不能只当作老人,还要把他们视为两个爱好春天、爱看海棠花的普通人。

各位同学,不妨想想,我们的祖父、祖母、外祖父、外祖母平时都喜欢做什么,也许我们会发现他们的与众不同,也会更理解他们不只是作为长辈,还有作为普通人的那一面。

以上作品出自：

叶至善：《父亲长长的一生》，四川文艺出版社，2015年

叶兆言：《旧式的情感》，《叶兆言文学回忆录》，广东人民出版社，2021年

## 第五节　写鲁迅先生，从点点滴滴开始

——萧红《回忆鲁迅先生》

### "鲁迅先生的笑声是明朗的"

前面我们讲的是作家们如何书写父亲、母亲、祖父，接下来我们要讲的是如何写老师。在散文领域，写"我的老师"是非常重要的类型，其中写得最好的，我认为是萧红的《回忆鲁迅先生》。鲁迅先生是我们的"民族魂"，在中国现代文学史上是一个高峰，他影响了中国文学的发展。那么，这也就带来了一个难题，当鲁迅先生去世以后，我们怎么样书写鲁迅先生？很多人写过关于鲁迅先生的回忆散文，有几百篇之多，但最终留下来的、让普通读者念念不忘的必定有萧红的这一篇。

为什么呢？因为在萧红笔下，鲁迅是有趣的、鲜

活的人。《回忆鲁迅先生》有一万多字,包含了萧红和鲁迅交流的点点滴滴,她把每一点回忆连缀成章,构成日常鲁迅形象的轮廓。这一篇散文让人想到,她不仅在写鲁迅先生,也在写自己如何理解鲁迅。这是鲁迅的研究者、鲁迅传记的写作者都绕不开的一篇作品,满眼都是毛茸茸的细节。首先,我们来读这篇散文的开头:

> 鲁迅先生的笑声是明朗的,是从心里的欢喜。若有人说了什么可笑的话,鲁迅先生笑得连烟卷都拿不住了,常常是笑得咳嗽起来。
> 鲁迅先生走路很轻捷,尤其使人记得清楚的,是他刚抓起帽子来往头上一扣,同时左腿就伸出去了,仿佛不顾一切地走去。

作为小说家,萧红非常注意捕捉细节,《回忆鲁迅先生》中关于鲁迅的回忆都是细节。她并没有说鲁迅有多么伟大、多么严肃、多么严谨等,她只是写鲁迅先生走路很轻捷,鲁迅先生不大注意人的衣裳,等等。她写了很多故事。比如,她举了一个例子,有一次她穿了一套衣服,问鲁迅先生好不好看:

于是我说:"周先生,我的衣裳漂亮不漂亮?"

鲁迅先生从上往下看了一眼:"不大漂亮。"

过了一会又加着说:"你的裙子配的颜色不对,并不是红上衣不好看,各种颜色都是好看的,红上衣要配红裙子,不然就是黑裙子,咖啡色的就不行了;这两种颜色放在一起很混浊……你没看到外国人在街上走的吗?绝没有下边穿一件绿裙子,上边穿一件紫上衣,也没有穿一件红裙子而后穿一件白上衣的……"

鲁迅先生就在躺椅上看着我:"你这裙子是咖啡色的,还带格子,颜色混浊得很,所以把红衣裳也弄得不漂亮了。"

"……人瘦不要穿黑衣裳,人胖不要穿白衣裳;脚长的女人一定要穿黑鞋子,脚短就一定要穿白鞋子;方格子的衣裳胖人不能穿,但比横格子的还好;横格子的,胖人穿上,就把胖子更往两边裂着,更横宽了,胖子要穿竖条子的,竖的把人显得长,横的把人显得宽……"

从这些交流中可以感受到,鲁迅是讲究美感的人,但是,萧红并没有直接说鲁迅有美感、对色彩有研究,而是用对话和场景去呈现。这些场景因为鲜活和亲切，深具说服力。当然这显示了萧红的表达能力很强，同时，我们也发现，只有怀有深情的人才会记得那些细节，因为此情此景实在难忘。

### "他说不新鲜，一定也有他的道理"

萧红还写了鲁迅和他的儿子周海婴的相处：

> 从福建菜馆叫的菜，有一碗鱼做的丸子。
>
> 海婴一吃就说不新鲜，许先生不信，别的人也都不信。因为那丸子有的新鲜，有的不新鲜，别人吃到嘴里的恰好都是没有改味的。
>
> 许先生又给海婴一个，海婴一吃，又不是好的，他又嚷嚷着。别人都不注意，鲁迅先生把海婴碟里的拿来尝尝，果然是不新鲜的。鲁迅先生说：
>
> "他说不新鲜，一定也有他的道理，不加以查看就抹杀是不对的。"
>
> ……
>
> 以后我想起这件事来，私下和许先生谈过，

许先生说:"周先生的做人,真是我们学不了的。哪怕一点点小事。"

这是研究鲁迅时常被引用的细节。我们会发现,萧红笔下的鲁迅是日常的鲁迅。事实上,萧红喜欢写鲁迅生活的"枝枝节节",比如说,他在北京教书时从不发脾气,又如他喜欢北方饭……

鲁迅先生不戴手套,不围围巾,冬天穿着黑土蓝的棉布袍子,头上戴着灰色毡帽,脚穿黑帆布胶皮底鞋。

鲁迅先生的记忆力非常之强,他的东西从不随便散置在任何地方。

鲁迅先生很喜欢北方口味。

鲁迅先生出书的校样,都用来揩桌,或做什么的。请客人在家里吃饭,吃到半道,鲁迅先生回身去拿来校样给大家分着。客人接到手里一看,这怎么可以?鲁迅先生说:"擦一擦,拿着鸡吃,手是腻的。"

到洗澡间去,那边也摆着校样纸。

……

她还说,鲁迅先生坐在那儿就和一个乡下的安静的老人一样,鲁迅先生喜欢吃清茶,其余不喝饮料,鲁迅先生住在哪里,书架是什么样,他的客厅、书桌怎么排列,包括鲁迅先生新剪了头发……还有一个看电影的细节:

夜里去看电影,施高塔路的汽车房只有一辆车,鲁迅先生一定不坐,一定让我们坐。许先生,周建人夫人……海婴,周建人先生的三位女公子。我们上车了。

鲁迅先生和周建人先生,还有别的一二位朋友在后边。

看完了电影出来,又只叫到一部汽车,鲁迅先生又一定不肯坐,让周建人先生的全家坐着先走了。

鲁迅先生旁边走着海婴,过了苏州河的大桥去等电车去了。等了二三十分钟电车还没有来,鲁迅先生依着沿苏州河的铁栏杆坐在桥边的石围上了，并且拿出香烟来，装上烟嘴，悠然地吸着烟。

海婴不安地来回地乱跑，鲁迅先生还招呼他和自己并排坐下。

鲁迅先生坐在那和一个乡下的安静老人一样。

**还有一个看画的细节：**

这一次鲁迅先生保持了很长时间，没有下楼更没有到外边去过。

在病中，鲁迅先生不看报，不看书，只是安静地躺着。但有一张小画是鲁迅先生放在床边上不断看着的。

那张画，鲁迅先生未生病时，和许多画一道拿给大家看过的，小得和纸烟包里抽出来的那画片差不多。那上边画着一个穿大长裙子飞散着头发的女人在大风里边跑，在她旁边的地面上还有小小的红玫瑰的花朵。

记得是一张苏联某画家着色的木刻。

从鲁迅看电影和看画的这两个细节，我们发现，萧红并不把鲁迅的周边作为周边，而是把它们作为中心，萧红把他那些琐屑的家庭陈设，包括鲁迅先生的忙碌、海婴的顽皮等非常微小的细节作为重要的事书写下来。在她那里，正是这些细节构成了鲜活而具体的鲁迅。其实，也正是这些细节最终引发了读者的共情。

### "他休息了"

那么，这篇散文要怎么结尾呢？我们来看一下：

又过了三个月。

1936年10月17日，鲁迅先生病又发了，又是气喘。

17日，一夜未眠。

18日，终日喘着。

19日的下半夜，人衰弱到极点了。天将发白时，鲁迅先生就像他平日一样，工作完了，他休息了。

《回忆鲁迅先生》的魅力在哪里？是文中萧红对鲁迅的理解。她用最普通、最平实、最简单的手法，写出了鲁迅身上的多重身份，父亲、丈夫、朋友、导师、男人、老人。在萧红眼里，鲁迅是一个多面的人，而不是单向度的人。当然，也有人认为鲁迅在萧红笔下以脾气坏、固执、刻薄的形象出现，但事实上这也是萧红作品的魅力，因为在萧红那里，鲁迅不是一个光环下的人物，而是一个生活中可亲可感的人。萧红不会因为要写一个伟大的人而遗失他的生活周边，这才是对鲁迅真正的尊重。因此，在无数的回忆和缅怀里，只有萧红写出了"这一个"鲁迅，写出了立体的，而不是扁平的鲁迅。鲁迅先生逝世八十多年来，这篇回忆散文一枝独秀，从未被遗忘，它的经典就在于它使得历史长河中的鲁迅变成了永远鲜活的那个人。这篇散文提示我们，把名人当成普通人来写，把人当作人来写，才是对所写之人的真正尊重。

**以上作品出自：**

萧红：《回忆鲁迅先生》，《萧红全集》第2卷，黑龙江大学出版社，2011年

## 第六节　虎耳草，沈先生喜欢的那种草
——汪曾祺《星斗其文，赤子其人》

### "他爱用的词是耐烦"

在《星斗其文，赤子其人》中，汪曾祺写自己的老师沈从文，其实也是把沈从文当成一个普通人写。他们之间有日常相处，情感关系非常密切。和萧红的写作手法相近，他也是从沈从文生活的点点滴滴入手：

> 沈先生很爱用一个别人不常用的词："耐烦"。他说自己不是天才（他应当算是个天才），只是耐烦。他对别人的称赞，也常说"要算耐烦"。看见儿子小虎搞机床设计时，说"要算耐烦"。看见孙女小红做作业时，也说"要算耐烦"。他的"耐烦"，意思就是锲而不舍，不怕费劲。一个时期，

沈先生每个月都要发表几篇小说，每年都要出几本书，被称为"多产作家"，但是写东西不是很快的，从来不是一挥而就。他年轻时常常日以继夜地写。

读到沈从文这些生活细节，我们会知道汪曾祺是一个对沈从文怀有深切情感的写作者。因为"眼里有"，所以"心里才有"，他用谈天般的日常口吻记下沈从文的日常生活形象，写他对古文物的痴迷：

沈先生到北京后即喜欢搜集瓷器。有一个时期，他家用的餐具都是很名贵的旧瓷器，只是不配套，因为是一件一件买回来的。他一度专门搜集青花瓷。买到手，过一阵就送人。西南联大好几位助教、研究生结婚时都收到沈先生送的雍正青花的茶杯或酒杯。沈先生对陶瓷赏鉴极精，一眼就知是什么朝代的。一个朋友送我一个梨皮色釉的粗瓷盒子，我拿去给他看，他说："元朝东西，民间窑！"有一阵搜集旧纸，大都是乾隆以前的。多是染过色的，瓷青的、豆绿的、水红的，触手细腻到像煮熟的鸡蛋白外的薄皮，真是美极了。至于茧纸、高丽发笺,那是凡品了。(他搜集旧纸,但自己舍不得用来写字。晚年写字用糊窗户的高丽纸,他说:"我的字值三分钱。")

写沈从文这个人,从写他对陶瓷的赏鉴,从他晚年用高丽纸写字等细节入手,这是写实。也就是说,在写一个人的时候,他使用的是写实而不是抒情,这也是萧红写《回忆鲁迅先生》的一个特点。汪曾祺记下了很多场景:

我让他过一会来吃饭。他带来一卷画,是古代马戏图的摹本,实在是很精彩。他非常得意地问我的女儿:"精彩吧?"那天我给他做了一只烧羊腿,一条鱼。他回家一再向三姐称道:"真好吃。"他经常吃的荤菜是:猪头肉。

他少年当兵,漂泊转徙,很少连续几晚睡在同一张床上。吃的东西,最好的不过是切成四方的大块猪肉(煮在豆芽菜汤里)。行军、拉船,锻炼出一副极富耐力的体魄。二十岁冒冒失失地闯到北平来,举目无亲。连标点符号都不会用,就想用手中一支笔打出一个天下。经常为弄不到一点东西"消化消化"而发愁。冬天屋里生不起火,用被子围起来,还是不停地写。

"冬天屋里生不起火,用被子围起来,还是不停地写。"汪曾祺用廖廖几笔写下了具体的场景,他用细节呈现一位勤奋写作者的形象。这是写人、写事的重要笔法。

### "你手中有一支笔,怕什么!"

汪曾祺还写到一个细节,是他情绪很低落的时候,沈从文先生写信把他大骂了一顿:

> 我一九四六年到上海,因为找不到职业,情绪很坏,他写信把我大骂了一顿,说:"为了一时的困难,就这样哭哭啼啼的,甚至想到要自杀,真是没出息!你手中有一支笔,怕什么!"他在信里说了一些他刚到北京时的情形。——同时又叫三姐从苏州写了一封很长的信安慰我。他真的用一支笔打出了一个天下了。一个只读过小学的人,

竟成了一个大作家，而且积累了那么多的学问，真是一个奇迹。

"你手中有一支笔，怕什么！"这句话掷地有声，既宽慰了当时的汪曾祺，其实也是沈从文本人形象的体现。前面说以写实的笔法记下他的老师沈从文，我想强调的是，他不抒情，更不让自己滥情。所以在回忆的最后两段，他写到沈从文的丧事，表达仍很克制：

不收花圈，只有二十多个布满鲜花的花篮，很大的白色的百合花、康乃馨、菊花、菖兰。参加仪式的人也不戴纸制的白花，但每人发给一枝半开的月季，行礼后放在遗体边。不放哀乐，放沈先生生前喜爱的音乐，如贝多芬的"悲怆"奏鸣曲等。沈先生面色如生，很安详地躺着。

"我看他一眼，又看一眼，我哭了。"

虽然克制，但汪曾祺对沈从文毕竟有非常深厚的情感，所以，他写了在追悼会上，看着躺在花丛中的沈从文时的心境。他是这样写的：

>　　我走近他身边，看着他，久久不能离开。这样一个人，就这样地去了。我看他一眼，又看一眼，我哭了。

"我看他一眼，又看一眼，我哭了。"对老师的不舍尽在其中了。

到这里，文章是可以结尾的，这样也有戛然而止的效果，但是，这不是最好的结尾。汪曾祺是在一个意想不到的地方收尾的，我们一起来读：

>　　沈先生家有一盆虎耳草，种在一个椭圆形的小小钧窑盆里。很多人不认识这种草。这就是《边城》里翠翠在梦里采摘的那种草，沈先生喜欢的草。

文中涌动的情感都凝聚为一个具体物象——"虎耳草"。如果对沈从文家里不是特别熟悉的话，我们可能会写"沈先生家有一盆草"，但是，汪曾祺要具体告诉读者是"虎耳草"，并点明种在一个椭圆形的小小钧窑盆里。而且，为什么强调虎耳草呢？因为，"这就是《边城》里翠翠在梦里采摘的那种草"。最后一句话非常重要,他说:"沈先生喜欢的草。"文中所有的情感落在了"沈先生喜欢的"这个定语上。

读者从这句话看见"具象",我们通过"具象"有了共情。

当汪曾祺书写自己最爱的老师时,他用了这样深有意味的笔法:将自己的所有情感都倾注其中,所有不舍都凝聚在沈先生所喜欢的草上。某种意义上,这与萧红的《回忆鲁迅先生》的结尾有异曲同工之妙,萧红的结尾是"鲁迅先生休息了"。她不抒情,也是用纪实的方式,克制地、诚实地写下敬爱之人离开的事实,写下事实,也是写下不舍。

许多青少年在写老师时,常常不知从何写起,写的时候也会有"滤镜",其实写出一个有趣的、独特的老师,而不是写一个十全十美的偶像,才是对老师最大的爱与尊重。

以上作品出自:

汪曾祺:《星斗其文,赤子其人——怀念沈从文老师》,《汪曾祺全集》第5卷,人民文学出版社,2019年

## 第七节　喜欢蘑菇的汪曾祺老人

——汪曾祺《沽源》、铁凝《温暖孤独旅程》

### "一个连马铃薯都不忍心敷衍的作家"

铁凝有两篇散文《温暖孤独旅程》和《四见孙犁先生》，分别是写汪曾祺和孙犁的。和前面我们讲到的那种师生关系不一样，这两位前辈虽然都是铁凝很尊敬的人，但是生活中未必是常见面的关系。那么作家是怎样去书写这些文化老人的呢？

铁凝的散文《温暖孤独旅程》中就记载了她和汪曾祺先生的几次见面：

> 有一个冬天，在京西宾馆开会，好像是吃过饭出了餐厅，一位个子不高、身着灰色棉衣的老人向我们走来。旁边有人告诉我，这便是汪曾

祺老。

当时我没有迎上去打招呼的想法。越是自己敬佩的作家,似乎就越不愿意突兀地认识。但这位灰衣老人却招呼了我。他走到我的跟前,笑着,慢悠悠地说:"铁凝,你的脑门上怎么一点儿头发也不留呀?"他打量着我的脑门,仿佛我是他久已认识的一个孩子。这样的问话令我感到刚才我那顾忌的多余。我还发现汪曾祺的目光温和而又剔透,正如同他对于人类和生活的一些看法。

直接呈现真实发生过的细节,不进行渲染,这是这篇散文的开头。后来,铁凝去过沽源县,看到汪曾祺过去生活的地方。她将自己实际的体验和他书中的记录叠合在一起:

他曾经被下放到这个县劳动过,在一个马铃薯研究站。他在这个研究马铃薯的机构,除却日复一日的劳动,还施展着另一种不为人知的天才:描绘各式各样的马铃薯图谱——画土豆。汪曾祺从未在什么文字里对那儿的生活有过大声疾呼的控诉,他只是自嘲地描写过,他如何从对于圆头圆脑的马铃薯无从下笔,竟然到达一种"想画不像都不行"的熟练程度。他描绘着它们,又吃着它们,他还在文中自豪地告诉我们,全中国像他那样,吃过这么多品种的马铃薯的人,怕是不多见呢。我去沽源县是个夏天,走在虽然凉快,但略显光秃的县城街道上,我想象着当冬日来临,塞外蛮横的风雪是如何肆虐这里的居民,而汪曾祺又是怎样挨过他的时光。我甚至向当地文学青年打听了有没有一个叫马铃薯研究站的地方,他们茫然地摇着头。马铃薯和文学有着多么遥远的距离呀。我却仍然体味着:一个连马铃薯都不忍心敷衍的作家,对生活该有怎样的耐心和爱。

那句"一个连马铃薯都不忍心敷衍的作家,对生活该有怎样的耐心和爱"多么有意味。因为她与汪曾祺的交流不是特别多,但她要写出她心目中的汪曾祺,所以她从马铃薯进入来写汪曾祺。

### "他将这朵蘑菇背回了北京"

在《温暖孤独旅程》里,铁凝还提到汪曾祺另外一篇散文《沽源》里的故事：

> 有一天他采到一朵大蘑菇，他把它带回宿舍，精心晾干（可能他还有一种独到的晾制方法）收藏起来。待到年节回京与家人作短暂的团聚时，他将这朵蘑菇背回了北京，并亲手为家人烹制了一份鲜美无比的汤，那汤给全家带来了意外的欢乐。

我们先一起来看一看，汪曾祺在《沽源》中是怎么写马铃薯的：

> 我在这里的日子真是逍遥自在之极。既不开会，也不学习，也没人领导我。就我自己，每天一早蹚着露水，掐两丛马铃薯的花，两把叶子，插在玻璃杯里，对着它一笔一笔地画。上午画花，下午画叶子——花到下午就蔫了。到马铃薯陆续成熟时，就画薯块，画完了，就把薯块放到牛粪火里烤熟了，吃掉。我大概吃过几十种不同样的马铃薯。据我的品评，以"男爵"为最大，大的一个可达两斤；以"紫土豆"味道最佳，皮色深

紫，薯肉黄如蒸栗，味道也似蒸栗；有一种马铃薯可当水果生吃，很甜，只是太小，比一个鸡蛋大不了多少。

那么，他又是怎样写蘑菇的呢？

夜雨初晴，草原发亮，空气闷闷的，这是出蘑菇的时候。我们去采蘑菇。一两个小时，可以采一网兜。回来，用线穿好，晾在房檐下。蘑菇采得，马上就得晾，否则极易生蛆。口蘑干了才有香味，鲜口蘑并不好吃，不知是什么道理。我曾经采到一个白蘑。一般蘑菇都是"黑片蘑"，菌盖是白的，菌摺是紫黑色的。白蘑则菌盖菌摺都是雪白的，是很珍贵的，不易遇到。年底探亲，我把这只亲手采的白蘑带到北京，一个白蘑做了一碗汤，孩子们喝了，都说比鸡汤还鲜。

汪曾祺在《沽源》中很详细地辨析了干口蘑、鲜口蘑、白蘑、黑片蘑等不同的种类，辨认绝不是为了写作，而是出于热爱，出于好奇。想必这篇文章对于铁凝理解汪曾祺的启发很大。铁凝写《温暖孤独旅程》

时,是在汪曾祺文字基础上进行文学想象,是从作家喜欢的事物,想到如何理解他的人与文。

## "用文学,或者用蘑菇"

铁凝捕捉到汪曾祺带蘑菇回家这个细节,然后生发开去:

> 一个囊中背着一朵蘑菇的老人,收藏起一切的孤独,从塞外寒冷的黄风中快乐地朝着自己的家走着,难道仅仅为了叫家人盛赞他的蘑菇汤?
> 这使我不断地相信,这世界上一些孤独而优秀的灵魂之所以孤独,是因为他们将温馨与欢乐不求回报地赠予了世人吧?用文学,或者用蘑菇。

从这篇回忆里我们会看到,铁凝为我们重塑了一个文学家的形象,她注意到了马铃薯和蘑菇。这是她写作的"抓手",在这里,"马铃薯"和"蘑菇"连接着情感,它们身上有向外辐射的东西。作为读者,我们从中不仅了解了汪曾祺的文学世界,也了解了他的人格魅力。

再一次想强调的是，我们如果写难忘的人，一定要写一个真人，而不是一个假人，要写实，不要泛泛抒情。要老老实实地记下这个人的日常点滴。真正爱一个人，是看见他的真实，而不是去美化他，这才是真正地尊重写作对象。

**以上作品出自：**

汪曾祺：《沽源》，《汪曾祺全集》第5卷，人民文学出版社，2019年

铁凝：《温暖孤独旅程》，《铁凝散文》，人民文学出版社，2022年

## 第八节　戴套袖的孙犁先生

——铁凝《四见孙犁先生》、
贾平凹《一匹骆驼》《我见到的孙犁》

### "他戴着一副青色棉布套袖"

在之前的章节里，我们学习了孙犁的散文《父亲的记忆》和《母亲的记忆》。其实，孙犁对后辈作家的成长产生了深远影响。许多见到过他的青年作家们，后来都写过对他的印象记。这一讲，我们以三篇作品为例，一篇是铁凝的《四见孙犁先生》，另两篇是贾平凹的《一匹骆驼》和《我见到的孙犁》。

在铁凝非常年轻的时候曾写过一篇《带套袖的孙犁先生》，当年孙犁看了以后跟人说，那么多的印象记里边，只有铁凝这篇写得好。孙犁说这篇很写实，因为他就是这样的人。那么，铁凝写得好在哪里？我们一起来看一下：

我带了信，在秋日的一个下午，由李克明同志陪同，终于走进了孙犁先生的"高墙大院"。这是一座早已失却规矩和章法的大院，孙犁先生曾在文章里多次提及，并详细描述过它的衰败经过。如今各种凹凸不平的土堆、土坑在院里自由地起伏着，稍显平整的一块地，一户人家还种了一小片黄豆。那天黄豆刚刚收过，一位老人正蹲在拔了豆秸的地里聚精会神地捡豆子。我看到他的侧面，已猜出那是谁。看见来人，他站起来，把手里的黄豆亮给我们，微笑着说："别人收了豆子，剩下几粒不要了。我捡起来，可以给花施肥。丢了怪可惜的。"

铁凝记下了他们第一次见面时的样子，然后写孙犁先生身材很高，面容温厚，语调洪亮，夹杂着淡淡的乡音，说话时很少朝你直视。这是作为写作者的细致观察。

我们提到过，写人的散文，要学会关注写作对象的衣着细节，铁凝的作品也是如此，比如她写："他穿一身普通的灰色衣裤，当他腾出手来和我握手时，我发现他戴着一副青色棉布套袖。"再次落在"物"上，作者详细地写了套袖的面料、颜色。"套袖"是贯穿全文的重要的"物",接下来写的是戴套袖的人给人的印象。"我相信戴套袖的作家是不会不苟言笑的,戴着套袖的作家给了我一种亲近感。这是我与孙犁先生的第一次见面。"铁凝后来和孙犁再次见面,孙犁问她:"铁凝你看我是不是很见老?"铁凝回答:"您是见老。"这里又提到了套袖:"我便发现,孙犁先生两只袄袖上,仍旧套着一副干净的青色套袖,看上去人就洋溢着一种干练的活力,一种不愿停下手、时刻准备工作的情绪。这样的状态,是不能被称作衰老的。"

套袖是日常衣着的一个部分,但是套袖到底意味着什么?

> 一副棉布套袖到底联系着什么,我从来就说不清楚。联系着质朴、节俭?联系着勤劳、创造和开拓?好像都不完全。

### "华笺""薄棉被"和"照片"

从套袖出发,铁凝想到孙犁先生的《山地回忆》,又写到"友人赠我的几函宣纸精印的华笺寄给孙犁先生",孙犁先生回信:"我一向珍惜纸张,平日写稿写信,用纸亦极不讲究。每遇好纸,笔墨就要拘束,深恐把纸糟蹋了。"然后铁凝写道:"我相信他对纸张有着和对棉布、对衣服同样的珍惜之情。他更加珍重的是劳动的尊严与德行、人生的质朴和美丽。"在这里,作者从一个劳动者形象,又谈到了对劳动的理解,也是对孙犁的深刻认知。

第四次见面,孙犁先生躺在病床上,她注意到:

> 在他身上,盖有一床蓝底儿、小红花的薄棉被,这不是医院的寝具,一定是家人为他缝制的吧,真的棉布里絮着真的棉花,仿佛孙犁先生仍然亲近着人间的烟火,也使呆板的病房变得温暖。

大家不难发现,在这样的孙犁身上,铁凝捕捉到的是日常之物——棉被。棉被延伸着温暖,延伸着家常。

散文的结尾,铁凝提到了一张照片,当时孙犁先生已经去世了:

> 在我为之工作的河北省作家协会,有一座河北文学馆,馆内一张孙犁先生青年时代的照片使

很多人过目不忘。那是一张他在抗战时期与战友们的合影,一群人散坐在冀中的山地上,孙犁是靠边且偏后的位置。他头戴一顶山民的毡帽,目光敏感而又温和,他热情却是腼腆地微笑着。对于今天的我们,对于只同他见过四面的我,这是一个遥远的孙犁先生。然而不知为什么,我越来越相信病床上那位盖着碎花棉被的枯瘦老人确已离我们远去,近切真实、就在眼前的,是这位头戴毡帽、有着腼腆神情的青年和他的那些永远也不会颓败的篇章。

无论是毡帽,还是腼腆神情,我们从中感受到,她不只是写生活中的孙犁,她更要写的是"文学意义的孙犁"。因此,她把孙犁的作品和套袖联系在一起就不会生硬。铁凝并没有用大量笔墨写孙犁对中国文学的贡献、孙犁的为人,但是所有的敬意又在字里行间自然浮现。

### 唐三彩和饺子

贾平凹在《一匹骆驼》和《我见到的孙犁》这两

篇散文里都写到了和孙犁先生之间的交往。贾平凹与孙犁不是特别熟悉的关系，而对这样不熟悉又很尊敬的人，他也写得鲜活生动。

"他的每一次来信，都十分认真，有鼓励，有批评，直来直去，甚至在大年三十的中午，为我用毛笔书写了梁沈约的宋书谢灵运传论里关于作文语言变化运用的条幅。"年轻的贾平凹回忆起孙犁先生给他的回信，也记下了他与先生通信时的矛盾心情："我又不敢多给他去信，怕打搅一个七十岁高龄的老人的生活。"

贾平凹说，他曾经三次想去看望孙犁，但三次都未能成行。

一次已经买了车票，却因为突然有个紧急会议没有去成。一次到北京开会，和妻说好顺路去天津，但在北京车站徘徊了许久，又作罢了。我知道自己的劣性儿，害怕见人，害怕应酬，情绪儿又多变化，曾经三次登华山，三次走到华山脚下，却又返回了。一回到家里，就十分后悔，自恨没出息。

1983年10月，贾平凹终于要去天津拜访孙犁，当时他受邀参加一个散文奖颁奖活动。这离他们第一次通信已经有两年半时间。在散文《一匹骆驼》里，贾平凹记下了他当时激动而兴奋的心情：

  妻很高兴，说："你不是老念叨那里吗？这下逢机会了，公私兼顾，你可以去见见孙犁了。"我说："是的。"脸子就涨得红红的，几天里慌得捉不住事做。出门的日子越来越近，我却胆怯起来。我形象猥琐，口舌木讷，平日很少往大城市去，更绝无拜见过什么名人，听说天津街道曲折，人又欺外，会不会在那里迷失方向，遭人奚落呢？再说去见孙犁，又怎么个言语呢？

这篇散文里，贾平凹讲到了一件趣事。去天津之前，他为第一次见孙犁慎重地选择礼物：

  我蓦地记起在一张孙犁的照片上，看见过他身后的墙上挂着一幅骆驼的画，就说："带一件唐三彩的骆驼吧，唐三彩有咱秦地的特点，骆驼又是老人喜爱的形象，岂不更有意思吗？"妻便依了我，小心翼翼将书架上珍藏的一匹瓷质的骆驼取下来，用绸子手帕擦了灰尘，一边包裹，一边说："这使得吗，这使得吗？"

和铁凝捕捉到的"套袖"不一样，连接贾平凹和孙犁先生的情感纽带是唐三彩。唐三彩是他想送给孙犁的礼物，他和孙犁先生的情感都附着在唐三彩上。从西安到北京，从北京到天津，不论年轻的贾平凹怎样如临大敌小心翼翼地保护着这唐三彩，骆驼还是在旁人的搬运过程中被摔了，"骆驼一共破碎了四条腿，三条是硬伤儿，一条的脚上碎裂成几十个粒颗儿。我没有勇气把它送给孙犁了"。但他还是告诉了孙犁：

吃罢午饭，当我红着脸讲了骆驼破碎的过程，他仰头哈哈大笑，说："可以胶的，可以胶的！文物嘛，有点破损才更好啊！"两天后，我将胶粘好的骆驼放在他的书案，他反复放好，远近看着，说："这不是又站起来了吗！"便以骆驼为话题，又讲了好多为人为文的事。他是慈祥而又严厉的人，有好说好，有坏说坏。又是一个上午过去，又在那里吃饭，又是戴了帽子，拄了拐杖送我到院门口，又是叮咛我多来信。

这是多么生动温暖的场景，可以看到一位文化老人对一位年轻作家深厚的关爱。孙犁看待破碎唐三彩的方式其实也暗示着他宽厚、为人着想的品质，这里写的品质又和前面铁凝所感受到的不一样，同时，又是同一个人身上的品质。

贾平凹还写过一篇散文《我见到的孙犁》，这一次，是在孙犁先生去世之后，他不仅写到了和孙犁先生的交流，还写了去他家吃饺子的事。

那顿饭是饺子，我记得后来来了一个妇女，估摸是只来做饭的保姆，孙犁给她掏钱，说：吃饺子吧，买点好肉。那时候请客不兴去街上饭馆，吃饺子是高规格。那保姆出去后，孙犁又开始说我的小说和散文，笑多起来，他的笑声很高。后来又送我了他的一本书，写了一张条幅。等饺子端上来，那保姆就再不见了。他拿出酒，他喝了一大杯，我也喝了一大杯，还要让我喝，我说我酒量不行……

贾平凹说，当时在那个屋子里，他觉得很空荡。而很多年之后，他才终于理解了这位老人的心理。

几十年过去了,我也活到了当年孙犁见我的那个年龄,常常想起那个房子,就体会到了他那时的生活状态。当一个人从事了写作,又有了理想,他是宁静的,宁静致远。而宁静惯了,就不喜欢了热闹和应酬,物质的东西也都是累赘了。他浸淫在自己的文学世界里,别人便可能看作是孤僻,他需要身心自在,别人便可能看作是清高。这样的人都善良,澄怀无毒,却往往率真,眼里不容沙子,要么不开口,要么开口就可能有得罪,引起误解。

孙犁是为文学而生的,生前就待在那个空房子里,别人怎么说就怎么说去吧,他只在全神贯注于文学,只是写他的书。福楼拜说过:要像写历史一样写普通人的生活,不要试图使你的读者哭、笑或者恼怒,而要像大自然一样使他们插上梦想的翅膀。孙犁的书就是这样,所以他的书长留在世上。

在孙犁家那个空荡的屋子里吃饺子的场景成为贾平凹认识孙犁、理解孙犁的一个入口,它和唐三彩一起构成了他们交往的关键场景。对铁凝而言,她理解孙犁先生的就是套袖、毡帽和病床上的棉被。

两位作家都没有大篇幅直接写孙犁先生对中国文学的贡献，但我们通过他们的交往感受到了孙犁先生的品质，也感受到写作者对于孙犁先生的敬仰。

如何写好一位我们很尊敬但又不熟悉的人？铁凝的《四见孙犁先生》和贾平凹的《一匹骆驼》《我见到的孙犁》为我们提供了很好的范例——要寻找到你与这个人之间的情感连接，一副套袖，或是一件唐三彩。

**以上作品出自：**

铁凝：《四见孙犁先生》，《人民日报·大地副刊》，2002年10月24日

贾平凹：《一匹骆驼》，《贾平凹散文选》，百花文艺出版社，1992年

贾平凹：《我见到的孙犁》，《天津日报》2013年5月15日

## 课后作业

读完本章后,请根据下列题目完成一篇作文,500—800字:

一、我的爸爸/妈妈/爷爷/奶奶/外公/外婆/兄弟姐妹

二、我的老师/同学/好朋友

### 细读篇目

1. 朱自清:《背影》,《朱自清散文》,人民文学出版社,2005年

2. 孙犁:《父亲的记忆》,《孙犁全集(修订本)》第7卷,人民文学出版社,2016年

3. 孙犁:《母亲的记忆》,《孙犁全集(修订本)》第7卷,人民文学出版社,2016年

4. 迟子建:《好时光悄悄溜走》,《迟子建散文》,浙江文艺出版社,2009年

5. 叶至善:《父亲长长的一生》,四川文艺出版

社，2015年

6. 叶兆言：《旧式的情感》，《叶兆言文学回忆录》，广东人民出版社，2021年

7. 萧红：《回忆鲁迅先生》，《萧红全集》第2卷，黑龙江大学出版社，2011年

8. 汪曾祺：《星斗其文，赤子其人——怀念沈从文老师》，《汪曾祺全集》第5卷，人民文学出版社，2019年

9. 汪曾祺：《沽源》，《汪曾祺全集》第5卷，人民文学出版社，2019年

10. 铁凝：《温暖孤独旅程》，《铁凝散文》，人民文学出版社，2022年

11. 铁凝：《四见孙犁先生》，《人民日报·大地副刊》，2002年10月24日

12. 贾平凹：《一匹骆驼》，《贾平凹散文选》，百花文艺出版社，1992年

13. 贾平凹：《我见到的孙犁》，《天津日报》2013年5月15日

作品集

张莉主编：《人生有所思：给青少年的散文读本》，人民文学出版社，2022年

# 第三章

## 找到"我"与陌生事物之间的连接

——如何书写那些难忘的事

---

* 好作品就像公园或迷宫,所有的分岔和小径都是为了使读者看到更好的风景
* 优秀散文来自生活本身,依凭的是"我"的独立思考
* 欢脱的散文有欢脱的美,寒冷的散文有寒冷的美

## 导言　好散文的魅力在于能引起我们长久的跨越时空的共鸣

这是大数据时代。如果我们在电脑里搜索过"牙齿",那么一连数天,我们的电脑便会自动送来无数关于牙齿和牙齿美容的广告。大数据在想方设法让我们活得舒服,无须我们挑选和思考。无论是否愿意,事实上,我们每个人都已经成为被精准投喂的目标人群。

在课堂里,我常跟大学生们讨论的问题是,都说"爽文"最受欢迎,那么"爽"是人生中最重要的感受吗?被"爽"到是一个人活在世上的终极追求吗?而如果"爽"不是我们的终极追求,我们也不想成为被精准投喂的人群,我们又该怎样挣脱?

本章阅读的都是关于"难忘之事"的讲述,都伴随着作家的思考。史铁生的《我与地坛》关于存在。母亲在地坛里悄悄跟随患病瘫痪的儿子,渴望他慢慢振作起来,后来母亲病逝了……《我与地坛》里写一个人对于生命的领悟,关于活着和死去,关于相见和别离。最终,推着轮椅的儿子在园子里成长,他逐渐领受这个世界的诸多秘密:"要是有些事我没说,地坛,你别以为是我忘了,我什么也没忘,但是有些事只适合收藏。不能说,也不能想,却又不能忘。它们不能变成语言,它们无法变成语言,一旦变成语言就不再是它们了。它们是一片朦胧的温馨与寂寥,是一片成熟的希望与绝望,它们的领地只有两处:心与坟墓。比如说邮票,有些是用于寄信的,有些仅仅是为了收藏。"

汪曾祺的《跑警报》是关于西南联大战时生活的回忆,他记下了跑警报时所看到的情景:"昆明松子极多,个大皮薄仁饱,很香,也很便宜。我们有时能在松树下面捡到一个很大的成熟了的生的松球,就掰开鳞瓣,一颗一颗地吃起来。——那时候,我们的牙都很好,那么硬的松子壳,一嗑就开了!"

周晓枫的《黄姚酿》关于雨中漫游古镇。"是的,除了酿菜酿酒,黄姚这座古镇也像岁月酿制的果实。在微雨中漫游,感觉黄姚就像雨滴一样古老,也像雨滴一样清新,它是用最干净的雨水酿制而成的。黄姚以酱腌闻名,但这并不矛盾——恰恰相反,只有在最清洁的环境里才能酿制，才能无惧运用酱腌手段，把食物变成诱人的美味，而毫无浊气和混沌；才能让一切远离朽坏，才能在沉淀中，抵抗时间的侵蚀，散发自身的醇香与光泽。"

李修文的《长安陌上无穷树》则写下两个萍水相逢之人的别离。"她自己的骨病本就不轻，但自此之后，我却经常能看见她跛着脚，跟在小病号的后面，喂给他饭吃，递给他水喝，还陪他去院子里，采了一朵叫不出名字的花回来。但是，不管是送君千里，还是教你单词，她和他还是终有一别——小病号的病更重了，他的父母已经决定，要带他转院，去北京，闻听这个消息之后的差不多一个星期，她几乎每天晚上都耿耿难眠。"

鲍尔吉·原野的《初夏》将初夏比作夏天的少年时光，写得新鲜有趣："初夏胆子有点小，它像小孩子一样睁着天真的眼睛看望四外。作为春天的后代，它为自己的朴素而羞怯。初夏没有花朵的鲜艳。春天开花是春天的事，春天总是有点言过其实。春天谢幕轮到初夏登场时，它手里只带了很少的鲜花。但它手里有树叶和庄稼，树的果实和庄稼的种籽是夏天的使命和礼物，此谓生。生生不息是夏天之道。"

刘亮程的《寒风吹彻》则以孤独的方式写下生命中的蓬勃和孤寒："许久以后我还记起我在这样的一个雪天,围抱火炉,吃咸菜啃馍馍想着一些人和事情,想得深远而入神。柴禾在炉中啪啪地燃烧着,炉火通红,我的手和脸都烤得发烫了,脊背却依旧凉飕飕的。寒风正从我看不见的一道门缝吹进来。冬天又一次来到村里,来到我的家。我把怕冻的东西一一搬进屋子,糊好窗户,挂上去年冬天的棉门帘,寒风还是进来了。它比我更熟悉墙上的每一道细微裂缝。"

伴随着故事,作家们写下的是他们的思考,这些思考锐利而有锋芒,令人深受启发。当然,无论有怎样令人顿悟的看法,都来自作家对日常生活的重新发现和重要理解。也就是说,这里的"所思",都来自生活本身。一切都依凭的是"我"的独立思考。一切由"我"而起,"我"是容器,"我"是感知,"我"是视角,"我"是方法,只有如此,才能做到鲁迅先生所说的,"不合众嚣,独具我见"。

## 第一节　我们怎么逛一个古老的园子
### ——史铁生《我与地坛》

地坛是一个我们特别熟悉的园子，我们对地坛已经形成了一个惯常印象。那么，史铁生怎么样去写这个园子？史铁生的《我与地坛》写得很家常，他起笔就把地坛称为园子，最终他写下了一个新的属于史铁生的文学地坛。

**"满园子都是草木竞相生长弄出的响动"**

年轻的史铁生对园子很热爱，他熟悉园子的植物和风物的名字。《我与地坛》开头是这样的：

> 我在好几篇小说中都提到过一座废弃的古园，实际上就是地坛。许多年前旅游业还没有开展，园子荒芜冷落得如同一片野地，很少被人记起。

地坛离我家很近。或者说我家离地坛很近。总之,只好认为这是缘分。地坛在我出生前四百多年就坐落在那儿了,而自从我的祖母年轻时带着我父亲来到北京,就一直住在离它不远的地方——五十多年间搬过几次家,可搬来搬去总是在它周围,而且是越搬离它越近了。我常觉得这中间有着宿命的味道:仿佛这古园就是为了等我,而历尽沧桑在那儿等待了四百多年。

这段话里,他首先引入了时间的观照,一个废弃的古园,很少被人记起。他先是从自己的经验写起,说自己怎么失了双腿,逃避到这个地方去。

十五年前的一个下午,我摇着轮椅进入园中,它为一个失魂落魄的人把一切都准备好了。那时,太阳循着亘古不变的路途正越来越大,也越红。在满园弥漫的沉静光芒中,一个人更容易看到时间,并看见自己的身影。

我们看见他摇着轮椅走过去,看到蜂儿,看到蚂蚁,看到瓢虫,看到蝉蜕,看到露水,看到草木。会发现，他写到的这些景物都是小的、低微的。史铁生看到的是偏僻的景色，他看到的景色和我们通常看到的古园不一样。

两条腿残废后的最初几年，我找不到工作，找不到去路，忽然间几乎什么都找不到了，我就摇了轮椅总是到它那儿去，仅为着那儿是可以逃避一个世界的另一个世界。我在那篇小说中写道："没处可去我便一天到晚耗在这园子里。跟上班下班一样，别人去上班我就摇了轮椅到这儿来。""园子无人看管，上下班时间有些抄近路的人们从园中穿过，园子里活跃一阵，过后便沉寂下来。""园墙在金晃晃的空气中斜切下一溜阴凉，我把轮椅开进去，把椅背放倒，坐着或是躺着，看书或者想事，撅一权树枝左右拍打，驱赶那些和我一样不明白为什么要来这世上的小昆虫。""蜂儿如一朵小雾稳稳地停在半空；蚂蚁摇头晃脑捋着触须，猛然间想透了什么，转身疾行而去；瓢虫爬得不耐烦了，累了，祈祷一回便支开翅膀，忽悠一下升空了；树干上留着一只蝉蜕，寂寞如一间空屋；露水在草叶上滚动，聚集，压弯了草叶轰然坠地摔开万道金光。""满园子都是草木竞相生长弄出的响动,窸窸窣窣窸窸窣窣片刻不息。"这都是真实的记录,园子荒芜但并不衰败。

谁能忘记史铁生的地坛呢?地坛里有漫长的历史:

四百多年里,它一面剥蚀了古殿檐头浮夸的琉璃,淡褪了门壁上炫耀的朱红,坍圮了一段段高墙又散落了玉砌雕栏,祭坛四周的老柏树愈见苍幽,到处的野草荒藤也都茂盛得自在坦荡。

史铁生笔下的地坛是静而美的,他由此想到了遥远处:

譬如祭坛石门中的落日,寂静的光辉平铺的一刻,地上的每一个坎坷都被映照得灿烂;譬如在园中最为落寞的时间,一群雨燕便出来高歌,把天地都叫喊得苍凉;譬如冬天雪地上孩子的脚印,总让人猜想他们是谁,曾在哪儿做过些什么、然后又都到哪儿去了;譬如那些苍黑的古柏,你忧郁的时候它们镇静地站在那儿,你欣喜的时候它们依然镇静地站在那儿，它们没日没夜地站在那儿，从你没有出生一直站到这个世界上又没了你的时候；譬如暴雨骤临园中，激起一阵阵灼烈而清纯的草木和泥土的气味，让人想起无数个夏天的事件；譬如秋风忽至，再有一场早霜，落叶或飘摇歌舞或坦然安卧，满园中播散着熨帖而微苦的味道。

可是，怎样把古园写得亲切？

## "没想到这园子有这么大"

《我与地坛》写了母亲。史铁生写他在地坛里看见过母亲的几次背影，他从家里出来，不告诉母亲他在哪儿，母亲一个人在园子里走，茫然急迫地寻找他。有一天，一个老太太问他，你的母亲她还好吗？这时候他才知道，每次在园子里走的时候，母亲都在后边跟着他，他开始意识到，他的车辙走过的地方都有母亲的脚印。而母亲已经离去。所以在这个作品里有他切肤的思念与思考：

有一年，十月的风又翻动起安详的落叶，我在园中读书，听见两个散步的老人说："没想到这园子有这么大。"我放下书，想，这么大一座园子，要在其中找到她的儿子，母亲走过了多少焦灼的路。多年来我头一次意识到，这园中不单是处处都有过我的车辙，有过我的车辙的地方也都有过母亲的脚印。

《我与地坛》里，史铁生也写了园子里来来往往的人们，写了一对中年夫妇变成了老年夫妇，写了一个热爱唱歌的小伙子，一个漂亮但又不幸的小姑娘，还有一位长跑先生，等等。他看到了时间对这些人的改变：

十五年前，这对老人还只能算是中年夫妇，我则货真价实还是个青年。他们总是在薄暮时分来园中散步，我不大弄得清他们是从哪边的园门进来，一般来说他们是逆时针绕这园子走。……刮风时他们穿了米色风衣，下雨时他们打了黑色的雨伞，夏天他们的衬衫是白色的，裤子是黑色的或米色的，冬天他们的呢子大衣又都是黑色的，想必他们只喜欢这三种颜色。他们逆时针绕这园子一周,然后离去。他们走过我身旁时只有男人的脚步响,女人像是贴在高大的丈夫身上跟着漂移。我相信他们一定对我有印象,但是我们没有说过话,我们互相都没有想要接近的表示。十五年中,他们或许注意到一个小伙子进入了中年,我则看着一对令人羡慕的中年情侣不觉中成了两个老人。

那个"漂亮而不幸的小女孩"也让人难忘——

我也没有忘记一个孩子——一个漂亮而不幸的小姑娘。十五年前的那个下午,我第一次到这园子里来就看见了她,那时她大约三岁,蹲在斋宫西边的小路上捡树上掉落的"小灯笼"。那儿有几棵大栾树,春天开一簇簇细小而稠密的黄花,花落了便结出无数如同三片叶子合抱的小灯笼,小灯笼先是绿色,继而转白,再变黄,成熟了掉落得满地都是。小灯笼精巧得令人爱惜,成年人也不免捡了一个还要捡一个。小姑娘咿咿呀呀地跟自己说着话,一边捡小灯笼;她的嗓音很好,不是她那个年龄所常有的那般尖细,而是很圆润甚或是厚重,也许是因为那个下午园子里太安静了。

当然,还有一位长跑家——

那时他总来这园子里跑,我用手表为他计时,他每跑一圈向我招一下手,我就记下一个时间。每次他要环绕这园子跑二十圈,大约两万米。他盼望以他的长跑成绩来获得政治上真正的解放,他以为记者的镜头和文字可以帮他做到这一点。第一年他在春节环城赛上跑了第十五名,他看见前十名的照片都挂在了长安街的新闻橱窗里,于是有了信心。第二年他跑了第四名,可是新闻橱窗里只挂了前三名的照片,他没灰心。第三年他跑了第七名,橱窗里挂前六名的照片,他有点儿怨自己。第四年他跑了第三名,橱窗里却只挂了第一名的照片。第五年他跑了第一名——他几乎绝望了,橱窗里只有一幅环城赛群众场面的照片。

我们和他一起在看这些人的过程中,也看到了时间的流转,看到了命运。地坛对这位写作者而言,意味着什么?它是一个人重新领略世界的窗口。

## "有我"与"无我"

地坛本是一处历史遗迹,当史铁生视之为园子的时候,地坛在发生不一样的变化。自从《我与地坛》发表后,地坛就和史铁生的名字永远连在了一起。

在史铁生那里,地坛的味道便是北京的另一种味道,幽深而让人别有所感。正是在这里,史铁生成为史铁生,他有许多顿悟时刻:

> 我在这园子里坐着,我听见园神告诉我:每一个有激情的演员都难免是一个人质。每一个懂得欣赏的观众都巧妙地粉碎了一场阴谋。每一个乏味的演员都是因为他老以为这戏剧与自己无关。每一个倒霉的观众都是因为他总是坐得离舞台太近了。
>
> 我在这园子里坐着,园神成年累月地对我说:孩子,这不是别的,这是你的罪孽和福祉。

前面我们说过,在这个作品里,地坛变成了一个对人的思考、人的生存理解的所在。"有我"是特别重要的,但是,如果一个作者在作品里总是强调"我"、强调"我"的苦痛、"我"的快乐、"我"的悲伤,如果一个作者总是执迷于"我",会怎样?那是受困于"我执"的作品,也并不是一部好的散文。

所以,强调"有我",同时也要跳脱,要自省,要疏离。就像史铁生写《我与地坛》。通篇是关于"我"的思考,但并不是聚焦于"我"的悲伤、痛苦和悔恨。我们顺着他的眼光看世界,体悟这一切:母子之间的情感和遗憾,长腿冠军,中年夫妻,一对兄妹……《我与地坛》里写着一个人对于生命的领悟,关于活着和死去,关于相见和别离。最终,推着轮椅的"我"在园子里成长,这园子既小又大,"我"逐渐开始领受这个世界的诸多秘密。

> 我常以为是丑女造就了美人。我常以为是愚氓举出了智者。我常以为是懦夫衬照了英雄。我常以为是众生度化了佛祖。

在写作时,作家化身为两个"我",一个"我"旁观另一个"我"。正如散文的结尾对生命的思考：

> 但是太阳，它每时每刻都是夕阳也都是旭日。当它熄灭着走下山去收尽苍凉残照之际，正是它在另一面燃烧着爬上山巅布散烈烈朝辉之时。那一天，我也将沉静着走下山去，扶着我的拐杖。有一天，在某一处山洼里，势必会跑上来一个欢蹦的孩子，抱着他的玩具。
> 
> 当然，那不是我。
> 
> 但是，那不是我吗？
> 
> 宇宙以其不息的欲望将一个歌舞炼为永恒。这欲望有怎样一个人间的姓名，大可忽略不计。

这是"有我"的写作，其实也是超越了"我"的写作。事实上，也有许多散文是"无我"的。你看不到叙述人的存在，但是，那并不一定是"无我"，而很可能是作家对其进行了隐藏。

重要的是如何在作品中运用"我"。有一些"无我"的作品，没有情感和看法，没有人的体温，也不以人的声音说话，因此，往往是无趣的。——"无我"的散文是无趣的，带有个人体温的"无我"才有趣。

事实上，带着个人体温的"无我"其实并不是"无我"，而是"忘我"。

**以上作品出自：**
史铁生：《我与地坛》，《史铁生作品全编》第6卷，人民文学出版社，2017年

## 第二节　当我们旅行时，我们会看到什么
### ——周晓枫《黄姚酿》

今天，旅行已经成为我们的一种生活方式，那么，当我们去往陌生之地的时候，怎么记下所见所闻？周晓枫的《黄姚酿》可以为我们提供游记写作的一个参照。

### "作为古镇的黄姚"

在写古镇时，周晓枫首先聚焦的是对今天古镇的存在的理解。面对普遍存在的古镇"同质化"的质疑，她先讲到古镇对于现代人的精神意义：

> 许多地方都有古镇，媒体已就此探讨同质化的问题：当商铺和小吃形同复制，所谓的风情是否丧失了吸引力？忧虑和反思是必要的。然而购

物中心的品牌大同小异，我们不以为意，与之相比，古镇的数量并不算多，为什么令人警觉，对它们存在的必要性心生疑窦？假如花费巨资，把崭新的"古镇"搞成千篇一律的装置艺术，难免扫兴，甚至难以回本和盈利。同时也要反问，我们为什么会需要古镇这样的"诗和远方"？生活节奏快、追求功用的现代人，以游戏等科技手段进入另一种可能，是为了减压、逃避与解脱；而古镇，除了地理意义的坐标、物理意义的商铺，也是一种心理意义的桃花源……哪怕它出自人工仿制，带给游客的穿越感和慰藉感却是真切的。如同现代人对住房的刚需，我们对古镇所象征的生活心怀向往和期待，这也是一种刚需。

接下来，她写到她去一个古镇，去了解这座古镇的这些历史。那么，了解历史的基础上，再去看风物时，实际上是一个从历史情境到远景再推到近景的过程。

为什么命名为"黄姚"？史料并无确凿记载。说法数种，基本认同与黄、姚的姓氏相关。光阴流转，古镇早就不是两个户族，许多宗族在此落地生根，修建祠堂。宗祠也如同心脏，溯流而上血缘意义的心脏，由此，宗族后代得以生生不息。即使这里地处偏远，甚至曾是荒川野岭，但踏山渡水的祖辈们终于在此停下脚步……从此，灶火不熄。

史料以外，她还找到了一个古物，是棵古老的榕树。

那是一棵巨大而古老的榕树。通常，榕树的气根向下垂挂，服从着地心引力和生长规律；而这棵巨榕整体倾斜，枝干依然参天，尤其是气根，呈放射状铺张，沉重、繁密而交错，如虬结着的粗大血管。如果你观察过孵化中的蛋卵，就会发现，最先发育的是心脏，然后从心脏里长出枝枝蔓蔓的血管，如同树枝，布满蛋膜。黄姚的这棵巨榕，气根如血管般蓬勃有力，又保持着内在的通畅，仿佛为整个古镇输送着养分和力量。

所以，在写作黄姚古镇时，周晓枫写了史料，也写了古镇里的一棵榕树。通过这样的方式,她带领我们慢慢认识这座古镇。她要把黄姚当成一个样本去思考什么是古镇。从两个片段我们也可以看到,古镇有它的日常,又有时间流逝的历史感。

## "仿佛看到黄姚的心脏"

进入古镇,周晓枫记下了她在雨中漫步古镇的所见所感。

雨水,在条石浅浅的凹痕里积储,像大鱼浸水的鳞斑。黄姚东面就有一条鲤鱼街,据说古时工匠铺砌街石时,遇到一块凸起的天然岩,稍加修饰雕凿,就成了一条巨大的石鲤。这条炭黑色的大鱼就在道路中间伏卧,沉着地游过千年的风雨,千年的月色。

假如从空中俯瞰,黄姚的檐顶覆瓦如鳞,那些瓦片显得薄而服帖;黄姚的街巷细窄,如鱼背上的脊线。每一户人家,都是这小镇一片既坚硬又柔软的鳞,游过如水岁月。当垂挂的灯笼,映在夜色中湿黑的路面上,朦胧中,就像锦鲤般的光影，我想，走在上面的人，是不是能在梦中骑跃龙门？其实，整个黄姚古镇就如一条千年之鲤，根本无须飞跃，它已如潜龙，具有神话中的不朽之力。

　　生活在黄姚，是神话般的日子，也是家常的日子。

因为不熟悉，她便带着好奇的眼睛去观察。既要探寻历史，也要写到生活和日常细节。你看，她看见了黄姚的街巷、檐顶、瓦片，还有当地酿制的腌菜、果脯等。那么，当她写下这些时，我们对这座古镇的理解才会有亲切之感。

　　这里有许多商铺客栈和茶舍酒庄，沿街闲逛，感觉瓶瓶罐罐特别多，都跟零食铺或药铺似的。细看，多为酱制品和腌菜。酱的主角，当然是黄姚有名的豆豉，佐以辣椒、香菇、牛肉、五仁、鸡丁、蒜末等调成各种口味。腌菜用宽口瓦罐盛纳，盖着通透的玻璃盖子，里面是木瓜丝、小河鱼、泡椒、青瓜丁、笋丝、贡菜、鳗鱼丝、萝卜条等。有酿制的各种果脯，从土乌梅到小黑橘，还有甘草柠檬。因为山峰众多，这里盛产野果，用来酿酒。黄姚的酒庄里花花绿绿，琳琅满目。除了常见的桂花酒、玫瑰酒、桑葚酒、青梅酒、杨梅酒、葡萄酒，还有不算特别常见的稔子酒、金樱子酒、万寿果酒、诺尼果酒。酒里的重头戏是黄精，它和豆豉、野菊一起，并称为黄姚的三大特产。黄精形似生姜，经过九蒸九晒，呈现油润的黑色，具有健脾益肾的功效。不知是旅途疲劳，还是出于心理暗示，试喝了一杯黄精酒，经常失眠的我当晚竟然睡得沉实。

接下来，开始写"黄姚酿"，也就是这里的酒和其他饮品及食物：

黄姚的气候和水土，容易让身体湿寒，当地居民早已得出生活经验，辣椒热汤、果酒药饮都可用于祛湿驱寒。他们利用这片土地的恩赐，运用自己的智慧和耐心，酿制生活的别样味道。这里有艾糍粑、糯米粽、葛根酥。有炖肉的农家菜干、润肺的罗汉果、熬汤的鸡骨草和五指毛桃。有豆豉粉和马蹄粉，连挂面都是神仙叶做的——

我第一次听说"神仙树"这个名字，上网查了，才知道这种植物又叫"双翅六道木"，原木生有六道凹槽，断面形如梅花，加工成珠子，每颗上面都有六条白线。这里的红糖分红枣、枸杞、姜汁、玫瑰等多种；这里的灵芝有黄、黑、白、青、红五色。菜肴也有特点，有两道我记忆深刻——豆腐酿和南瓜花酿，主材和汤汁都味美。

在这篇散文里，我们看到了黄姚人的种种生活细节。周晓枫《黄姚酿》的魅力在于，她让我们的"触须"更为宽广、更为敏感，在面对一个陌生之地时，这位作家带领我们进入这座古镇的内部，去体会它的气味和气息。

## 黄姚的"不变"与"变"

这篇散文的写法很有意思，也是值得我们学习的。我们来看它的结构：先写黄姚的历史，再写它的现在，然后写古镇之所以是时间的杰作的随感。通过写这座古镇千百年来的变化，其实她找的是一座古镇的"不变"和"变"，她找的是至今还存活着的那些古镇生活形态，也因此，她在这篇散文里实际上思考的是一个今昔时间的对照关系。我想，周晓枫在写的过程中已经有这样一个预设了——就是说，她思考的是一座古镇的历史和现在之间的关系，而在对这个问题的思考中，又强调一种日常性的书写。

这里的生活，有古风古韵，又率性从容。所以我说，黄姚不是仅仅展示给游客的博物馆，这座小镇有着古典的诗意——但它始终是活的，有自己的心脏、血脉和呼吸。刚才坐在台阶上掐豆角的汉子，除尽荚丝，端着菜盆回屋，只剩提环在有着纵裂纹的木门上微微晃动；当街剥笋的妇人，闲闲地聊着天，手底下像从冷紫色的鞘里剥出一把把新剑；前来写生的素描少年，勾勒线稿，没有忘记那些勾勒石缝的苔痕。没有大喇叭的喧响，没有喋喋不休的噪声，即使商家推荐食物，也是平静地递过来邀你品尝。夜色之中的黄姚，更是宁静。这里是袖珍的道场，是自然而诗意的栖居地。千百年来，黄姚一如既往，在我们看来是写意的生活，其实从古至今都是写实的生活。

真正活着的古镇，一定既是时间的杰作，也是人类的创造。

这篇散文给我们的启示在于，去目的地旅行之前，可以先去看看目的地的历史风貌介绍，在旅行的时候结合自己的感受，写下日常点滴。当我们在古镇旅行，面对一个陌生之地时，找到"我"和陌生之地的连接部分很重要。尽可能找到熟悉的点，比如说某个场景让我们想到家乡，想到童年，想到自己喜欢的一首歌、一篇文章等，从这个方向出发，引发自己的感受或者思考。只有找到和自己契合的表达方式，文字才不会变成流水账。

**以上作品出自：**
周晓枫：《黄姚酿》，《光明日报》2023年5月5日第15版

## 第三节　记下奔跑时我们所看到的

### ——汪曾祺《跑警报》

本章第一节我们谈的是地坛，第二节我们谈到了如何写陌生之地，那么，如何写那个记忆深处的地方？我们来看看汪曾祺的《跑警报》，他写的是几十年前西南联大的生活。

**"现在已经有空袭警报，我们下课"**

在写散文时，从哪里起笔是很重要的。写《跑警报》时，汪曾祺其实可以先写他很难忘多少年前的生活，有个铺垫，但是这篇文章的开头很直接，有一种氛围感：

> 西南联大有一位历史系的教授，——听说是雷海宗先生，他开的一门课因为讲授多年，已经

背得很熟,上课前无须准备;下课了,讲到哪里算哪里,他自己也不记得。每回上课,都要先问学生:"我上次讲到哪里了?"然后就滔滔不绝地接着讲下去。班上有个女同学,笔记记得最详细,一句不落。雷先生有一次问她:"我上一课最后说的是什么?"这位女同学打开笔记本,看了看,说:"您上次最后说:'现在已经有空袭警报,我们下课。'"

一开头,就直接写当年非常日常的场景。这其实是直接带领我们进入那个历史时期。那么,他怎样把一个远方,或者说,他是如何把我们今天相对陌生的地方写得有趣的呢?文章里说,昆明的警报非常之多,大家都找到了躲警报的地方,有些人会跑着去,有些人会走着去,也有些人趁着跑警报去谈恋爱。一说要跑警报了,男生就给女生拿东西,拿好吃的,毕竟要到一个防空洞里面待很久,相处的时间很长。写男女青年谈恋爱,汪曾祺也写到防空洞里的对联:

> 这些防空洞不仅表面光洁,有的还用碎石子或破瓷片嵌出图案,缀成对联。对联大都有新意。

我至今记得两副，一副是：

人生几何

恋爱三角

一副是：

见机而作

入土为安

对联的嵌缀者的闲情逸致是很可叫人佩服的。前一副也许是有感而发，后一副却是记实。

对联中是联大生活的写照，我们得以了解在那样的一个时代，大学生们是怎么生活的。

## "联大同学也有不跑警报的"

这篇文章中，汪曾祺先写了跑警报的普遍情况，然后写了不跑警报的情况。我们可以看看它的曲折有趣在哪里。

联大同学也有不跑警报的，据我所知，就有

两人。一个是女同学,姓罗。一有警报,她就洗头。别人都走了,锅炉房的热水没人用,她可以敞开来洗,要多少水有多少水!另一个是一位广东同学,姓郑。他爱吃莲子。一有警报,他就用一个大漱口缸到锅炉火口上去煮莲子。警报解除了,他的莲子也烂了。有一次日本飞机炸了联大,昆中北院、南院,都落了炸弹,这位老兄听着炸弹乒乒乓乓在不远的地方爆炸,依然在新校舍大图书馆旁的锅炉上神色不动地搅和他的冰糖莲子。

如果大家看过电影《无问西东》,就会发现这就是电影里人物的生活,这也说明,这些文字已成为当时历史的珍贵记录。

汪曾祺在写联大同学跑警报的时候,会讲到有趣的事,比如会闻到松子的香味,跑警报时小贩卖的麦芽糖和炒松子如何好吃,等等。

古驿道的一侧,靠近语言研究所资料馆不远,有一片马尾松林,就是一个点。这地方除了离学校近,有一片碧绿的马尾松,树下一层厚厚的干了的松毛,很软和,空气好,——马尾松挥发出很重的松脂气味,晒着从松枝间漏下的阳光,或仰面看松树上面的蓝得要滴下来的天空,都极舒适外,是因为这里还可以买到各种零吃。昆明做小买卖的,有了警报,就把担子挑到郊外来了。五味俱全,什么都有。最常见的是"丁丁糖"。"丁丁糖"即麦芽糖,也就是北京人祭灶用的关东糖,不过做成一个直径一尺多,厚可一寸许的大糖饼,放在四方的木盘上,有人掏钱要买,糖贩即用一个刨刃形的铁片楔入糖边,然后用一个小小铁锤,一击铁片,丁的一声,一块糖就震裂下来了,——所以叫作"丁丁糖"。其次是炒松子。昆明松子极多,个大皮薄仁饱,很香,也很便宜。我们有时能在松树下面捡到一个很大的成熟了的生的松球,就掰开鳞瓣,一颗一颗地吃起来。——那时候,我们的牙都很好,那么硬的松子壳,一嗑就开了!

从上面的片段我们会发现,作家调动了视觉、嗅觉、味觉,使我们看到阳光,闻到松香,使读者如临其境。一代人的战时生活记忆由此留存,又或者说,珍贵的民族记忆以一种生动鲜活的方式在汪曾祺笔下显影、复活。从一个个生活情境入手,他写得婉转曲折，因为对气味的召唤，对有趣的事情的召唤，一切才会变得特别有意思。

## 为了反映"不在乎"

汪曾祺也写了很多残酷的细节，包括日本侵略者来了用机枪扫射的记忆，但是，并没有使人产生血肉横飞的印象，他为什么要这样写呢？我们接下来看：

> 抗战期间，昆明有过多少次警报，日本飞机来过多少次，无法统计。自然也死了一些人，毁了一些房屋。就我的记忆，大东门外，有一次日本飞机机枪扫射，田地里死的人较多。大西门外小树林里曾炸死了好几匹驮木柴的马。此外似无较大伤亡。警报、轰炸，并没有使人产生血肉横飞，一片焦土的印象。
> 日本人派飞机来轰炸昆明，其实没有什么实际的军事意义，用意不过是吓唬吓唬昆明人，施加威胁，使人产生恐惧。他们不知道中国人的心理是有很大的弹性的，不那么容易被吓得魂不附体。我们这个民族，长期以来，生于忧患，已经很"皮实"了，对于任何猝然而来的灾难，都用

一种"儒道互补"的精神对待之。这种"儒道互补"的真髓，即"不在乎"。这种"不在乎"精神，是永远征不服的。

为了反映"不在乎"，作《跑警报》。

这是结尾，也是点题。题目叫《跑警报》，并不叫《不在乎》，否则就会直白得无趣。所以，文章的内核藏到了最后。我们再把文章结构捋一下：先从老师说下课讲起，再讲跑警报；写同学们的生活，然后再说我们"不在乎"。汪曾祺不写痛苦，也不写害怕，他写的是炮弹之下人们生活的日常情景。

我想强调的是，汪曾祺的《跑警报》不只是写下那个时候的记忆，他还写下从日常生活中所感受到的东西，他把"不在乎"落实到了日常体验上。——汪曾祺《跑警报》的贡献在于，让时间静止，使记忆显影，呈现我们生命中那些弥足珍贵的瞬间。

**以上作品出自：**

汪曾祺：《跑警报》，《汪曾祺全集》第 4 卷，人民文学出版社，2019 年

## 第四节　当我们总背不出那句诗

### ——李修文《长安陌上无穷树》

在《长安陌上无穷树》里，作家李修文作为旁观者，讲了一个病房里的故事。两个病人都得了绝症，一个是一家矿山子弟小学的语文老师，一个是只有七岁的小男孩，故事就这样在两个人之间展开了。

### "如此福分和机缘，也应当有一条线绳"

散文开篇讲述了一个医院门口的斗殴事件，将"两个在今夜之前并不亲切的人"绑在一起。这让叙述者"我"想到，人与人之间的机缘与交往"有一条线绳"，而这条线绳正是理解这篇文章的枢纽。

> 我常常想：就像月老手中的红线，如此福分和机缘，也应当有一条线绳，穿过了幽冥乃至黑

暗,从一个人的手中抵达了另外一个人的手中。其实,这条线绳比月老的红线更加准确和救命,它既不让你们仅仅是陌路人,也不给你们添加更多迷障纠缠,爱与恨,情和义,画眉深浅,添花送炭,都是刚刚好,刚刚准确和救命。

就像病房里的岳老师。还有那个七岁的小病号。在住进同一间病房之前,两人互不相识,我只知道:他们一个是一家矿山子弟小学的语文老师,但是,由于那家小学已经关闭多年,岳老师事实上好多年都没再当过老师了;一个是只有七岁的小男孩,从三岁起就生了骨病,自此便在父母带领下,踏破了河山,到处求医问药,于他来说,医院就是学校,而真正的学校,他一天都没踏足过。

一个很久没当过老师的老师,一个很久没在学校里读书的孩子,就在病房这个特殊场景里相遇了。

在病房里,他们首先是病人,其次,他们竟然重新变作了老师和学生。除了在这家医院,几年下来,我已经几度和岳老师在别的医院遇见,这个四十多岁的中年女子，早已经被疾病，被疾病带来的诸多争吵、伤心、背弃折磨得满头白发。可是，当她将病房当作课堂以后，某种奇异的喜悦降临了她，终年苍白的脸容上竟然现出了一丝红晕；每一天，只要两个人的输液都结束了，一刻也不能等，她马上就要开始给小病号上课，虽说从前她只是语文老师，但在这里她却什么都教，古诗词，加减乘除，英文单词，为了教好小病号，她甚至要她妹妹每次看她时都带了一堆书来。

在讲述这样的遭遇时，文中写到，岳老师总是要让小病号来背那首诗"长安陌上无穷树，唯有垂杨管别离"，但这首诗小病号一直背不下来，于是我们注意到，这篇散文的情感枢纽实际上是唐诗。

中午时分，病人和陪护者挤满了病房之时，便是岳老师一天中最是神采奕奕的时候，有意无意地，她就要拎出许多问题，故意来考小病号，古诗词，加减乘除，英文单词，什么都考。最后，如果小病号能在众人的赞叹中结束考试，那简直就像是有一道神赐之光破空而来，照得她通体发亮。但小病号毕竟生性顽劣，病情只要稍好，就在病房里奔来跑去，所以，岳老师的问题他便经常答不上来，比如那句古诗词，上句是"长安陌上无穷树"，下一句，小病号一连三天都没背下来。

**"她要编一本教材，使它充当线绳"**

其实，好的散文里都有条线索，我们前面讲到的《我与地坛》《黄姚酿》《跑警报》都有，有时候这个线索是箴言，有时候是景物，而在这个故事里，线索是古诗。

她要编一本教材，使它充当线绳，一头放在小病号的手中，一头往外伸展，伸展到哪里算哪里，最终，总会有人握住它，到了那时候，躲在暗处的人定会现形，隐秘的情感定会显露，再如河水，涌向手握线头的人；果真到了那时候，疾病，别离，背叛，死亡，不过都是自取其辱。

在岳老师和小病号的相处里，诗句实际上代表了情谊，暗含了人和人之间的生死离别。这时候，诗和情感的重要性就显示出来了——当生离与死别都在医院病房的方寸空间里发生时，那位背不出诗句的白血病孩子，那位离大限之期不远的老师，正是通过不断诵读的诗句，让我们看到了千年以来人与人之间彼此贴近的情谊。

## "唯有垂杨管别离！"

有一天，小病号要和病友们一一告别，离开医院去北京了：

> 哪知道，几分钟之后，有人在楼下呼喊着岳老师的名字，一开始，她全然没有注意，只是呆呆地坐在病床上不发一语，突然，她跳下病床，跛着脚，狂奔到窗户前，打开窗子，这样，全病房的人都听到了小病号在院子里的叫喊，那竟然是一句诗，正在被他扯破了嗓子叫喊出来："唯有垂杨管别离！"可能是怕岳老师没听清楚，他便继续喊："长安陌上无穷树，唯有垂杨管别离！"喊了一遍，又再喊一遍："长安陌上无穷树，唯有垂

杨管别离！"

一直背不出那首古诗的孩子，终于背出来了：

离别的时候，小病号终于完整地背诵出了那两句诗，但岳老师却并没有应答，她正在号啕大哭，一如既往，她没有哭出声来，而是用嘴巴紧紧咬住了袖子。除了隐约而号啕的哭声，病房里只剩下巨大的沉默，没有一个人上前劝说她，全都陷于沉默之中，听凭她哭下去，似乎是，人人都知道：此时此地，哭泣，就是她唯一的垂杨。

这篇散文写的是陌生人之间的萍水相逢。我们之所以能与之共情，在于散文结尾处，"哭泣，就是她唯一的垂杨"和"唯有垂杨管别离"这句诗形成了呼应，孩子背不出来的那首诗，其实一直藏在这篇文章里。

读一篇作品就像是逛一个公园，或者逛一个迷宫，我们很容易被它的很多枝杈或者岔路迷惑，但是读完之后再仔细思考，会明白所有的分岔、所有的小径都是为风景做准备的。而一篇文章内里也会有清晰的线索。就这篇文章来讲，"长安陌上无穷树，唯有垂杨管别离",这两句诗缺一不可,"长安陌上无穷树"是显的,"唯有垂杨管别离"是隐的。通过这首诗,我们看到医院里病友之间的情谊,因为找到了这诗句,作家使这种情谊变成了不只是当下的情谊,还是历史长诗中的情谊,是四海之内皆兄弟的情谊。所以,这个作品写的是个人故事,也不仅仅是个人故事。

今天,我们每个人都会背一些诗。当我们的生活和某个诗句发生情感关系时,我们要学会记下那首诗,学会辨认那首诗的场景。生活中常背诵的句子,能不能在我们的情感深处烙下印记?这需要观察,需要感受,也需要体悟。诗不仅仅是诗,诗其实是我们民族情感的结晶体。

**以上作品出自:**

李修文:《长安陌上无穷树》,《山河袈裟》,湖南文艺出版社,2017年

## 第五节　把夏天写得像夏天，把寒冷写得像寒冷

——鲍尔吉·原野《初夏》、刘亮程《寒风吹彻》

写季节是中学时代经常遇见的作业题目，中学老师在课堂上也会经常提醒同学们观察季节的变化，那么这一节，就讲讲怎样将四季写得有趣。

### "夏天的少年时光叫初夏"

首先要讨论的是作家鲍尔吉·原野的《初夏》。我们知道关于春天的写法有很多，比如说"悄悄地春天来了""春天的步伐近了"，我们也经常会把春天比作春姑娘，这里的春天是以拟人的方式来进入的。而在这篇散文中，鲍尔吉·原野说"夏天的少年时光叫初夏"，这样的拟人化手法很有意思。散文的开头是这样写的：

初夏羞怯地来到世间，像小孩子。小孩子见到生人会不好意思。尽管是在他的家，他还是要羞怯，会脸红，尽管没有让他脸红的事情发生。小孩子在羞怯和脸红中欢迎客人，他的眼睛热切地望着你，用牙咬着衣衫或咬着自己的手指肚。你越看他，他越羞怯，直至跑掉。但过一会儿他还要转回来。

将初夏比作一位小孩，以小孩子是什么样的性格特征来引入，接下来作者写道：

这就是初夏。初夏悄悄地来到世间，踮着脚尖小跑，但它跑不远，它要蓬蓬勃勃地跑回来。春天在前些时候开了那么多的花，相当于吹喇叭，招揽人来观看。人们想知道这么多鲜花带来了什么，有怎样的新鲜、丰润与壮硕。鲜花只带来了一样东西，它是春天的儿子，叫初夏。

初夏是什么样子？在鲍尔吉·原野的笔下，初夏胆子小，很天真。每一年的初夏都不一样，它肌肤新鲜，有虫鸣，有湿漉漉的雨林，有露水，有长出嫩叶的树桩。

初夏常常蹲在河边躲一躲草木的目光，它想说它不想干了，但季候节气没有退路，不像坐火车可以去又可以回来。初夏只好豁出去，率领草木庄稼云朵河流昆虫一起闯天下，打一打夏天的江山。

初夏肌肤新鲜，像小孩胳膊腿儿上的肉一样新鲜，没一寸老皮。初夏带着新鲜的带白霜的高粱的秸秆，新鲜的开化才几个月的河流，新鲜的带锯齿的树叶走向盛夏。它喜欢虫鸣，蛐蛐儿试声胆怯，小鸟儿试声胆怯，青蛙还没开始鼓腹大叫。初夏喜欢看到和它一样年轻幼稚的生命体，它们一同扭捏地、热烈地、好奇地走向盛大的夏天。

我们知道，初夏是夏天的初始阶段，而鲍尔吉·原野对于初夏的拟人写法非常生动，暗合我们对季节的理解。而且，这段话优美形象，出自于作家非常细致、跳脱的观察。

## "雪落在那些年雪落过的地方"

如果说，鲍尔吉·原野写的初夏是有温度的，是生意盎然、生机勃勃的，那么刘亮程在《寒风吹彻》里则写的是冬天的寒冷。在他笔下，寒冷是冷静和克制的。我们来看《寒风吹彻》的第一段：

> 雪落在那些年雪落过的地方，我已经不注意它们了。比落雪更重要的事情开始降临到生活中。三十岁的我，似乎对这个冬天的来临漠不关心，却又一直在倾听落雪的声音，期待着又一场雪悄无声息地覆盖村庄和田野。

这段话非常有诗意，也有丰富的意蕴。"雪落在那些年雪落过的地方"，也就是说年年会有雪，但是，"比落雪更重要的事情开始降临到生活中"。由此会知道，这是一篇把对季节的认知和对生活的体感结合在一起的文章，它不是轻快的，也不只停留在写季节。

> 经过许多个冬天之后，我才渐渐明白自己再

躲不过雪,无论我蜷缩在屋子里,还是远在冬天的另一个地方,纷纷扬扬的雪,都会落在我正经历的一段岁月里。当一个人的岁月像荒野一样敞开时,他便再无法照管好自己。

就像现在,我紧围着火炉,努力想烤热自己。我的一根骨头,却露在屋外的寒风中,隐隐作痛。那是我多年前冻坏的一根骨头,我再不能像捡一根牛骨头一样,把它捡回到火炉旁烤热。它永远地冻坏在那段天亮前的雪路上了。

雪不只是雪,还意味着寒冷。刘亮程回忆以前的经历,比如,十四岁那年一个人赶着牛车进沙漠:

那个夜晚并不比其他夜晚更冷。

只是我一个人赶着牛车进沙漠。以往牛车一出村,就会听到远远近近的雪路上其他牛车的走动声,赶车人隐约的吆喝声。只要紧赶一阵路,便会追上一辆或好几辆去拉柴的牛车,一长串,缓行在铅灰色的冬夜里。那种夜晚天再冷也不觉得。因为寒风在吹好几个人,同村的、邻村的、认识和不认识的好几架牛车在这条夜路上抵挡着寒冷。

　　而这次，一野的寒风吹着我一个人。似乎寒冷把其他一切都收拾掉了。现在全部地对付我。

"一野的寒风吹着我一个人"写得多好，直接、克制，但也句句落实。

　　我披紧羊皮大衣，一动不动趴在牛车里，不敢大声吆喝牛，免得让更多的寒冷发现我。从那个夜晚我懂得了隐藏温暖——在凛冽的寒风中，身体中那点温暖正一步步退守到一个隐秘的连我自己都难以找到的深远处——我把这点隐深的温暖节俭地用于此后多年的爱情和生活。我的亲人们说我是个很冷的人，不是的，我把仅有的温暖全给了你们。

我曾经在课堂上和同学们一起读这一段，提醒他们体会这些表达的意味，比如"免得让更多的寒冷发现我"，比如"我把仅有的温暖全给了你们"。

## "每个人都在自己的生命中，孤独地过冬"

在这篇《寒风吹彻》里，刘亮程使用了转喻的手法，不仅写冬天，也写人生的冬天，所以他说："落在一个人一生中的雪，我们不能全部看见。""每个人都在自己的生命中，孤独地过冬。"从自然风物到心理感受，这部作品引发了读者广泛的共情。从雪出发，刘亮程写的是孤独，是寂寞，是真正的人生意义上的寒冷。

印象深刻的还有另一个片段，文章里写到姑妈生命的冬天。

我有一个姑妈，住在河那边的村庄里，许多年前的那些个冬天，我们兄弟几个常走过封冻的玛河去看望她。每次临别前，姑妈总要说一句："天热了让你妈过来喧喧。"

姑妈年老多病，她总担心自己过不了冬天。天一冷她便足不出户，偎在一间矮土屋里，抱着火炉，等待春天来临。

一个人老的时候，是那么渴望春天来临。尽

管春天来了她没有一片要抽芽的叶子,没有半瓣要开放的花朵。春天只是来到大地上,来到别人的生命中。但她还是渴望春天,她害怕寒冷。

我一直没有忘记姑妈的这句话,也不止一次地把它转告给母亲。母亲只是望望我,又忙着做她的活。母亲不是一个人在过冬,她有五六个没长大的孩子,她要拉扯着他们度过冬天,不让一个孩子受冷。她和姑妈一样期盼着春天。

写雪,写冬天,写寒冷,也写盼望春天,写母亲对孩子的抚养。

母亲拉扯大她的七个儿女。她老了。我们长高长大的七个儿女,或许能为母亲挡住一丝的寒冷。每当儿女们回到家里,母亲都会特别高兴,家里也顿添热闹的气氛。

但母亲斑白的双鬓分明让我感到她一个人的冬天已经来临,那些雪开始不退、冰霜开始不融化——无论春天来了,还是儿女们的孝心和温暖备至。

随着三十年的人生距离,我感受着母亲独自

在冬天的透心寒冷。我无能为力。

这是冷静地凝视寒冷和冬天的文字，《寒风吹彻》这部作品没有抒情和感伤，它带领我们认识冬天里的雪和冬天的寒冷，也凝视我们人生的际遇。就像这篇散文结尾里所写的对生命严寒时刻的理解：

> 我围抱着火炉，烤热漫长一生的一个时刻。我知道这一时刻之外，我其余的岁月，我的亲人们的岁月，远在屋外的大雪中，被寒风吹彻。

对寒冷心境的凝视，对更深刻的孤独感的体悟，是这部作品被广泛传播的重要原因。

今天，我们读散文和写散文，并不只是为了写出一篇好的散文，而是通过文字去理解和他人的关系，学习如何表达爱、如何认识爱。有位读者特别喜欢刘亮程的《寒风吹彻》，他告诉我，他从来没有想过对世界的理解可以是这样，是寒冷逼近了"我"，不是"我"感受到寒冷。你看，这便是刘亮程理解世界的方式。

如果大家对刘亮程感兴趣也可以思考他和李娟的

不同点，他的作品里虽然有新疆，但更多时候是呈现人类共同的际遇，以及对这些际遇的思考——两位作家的入口不同，魅力相近，都是从一己感受抵达我们共通的感受。所以，在这一节结尾，我也想说，散文有不同的美：欢脱的散文有欢脱的美，寒冷的散文有寒冷的美。

**以上作品出自：**

鲍尔吉·原野：《初夏》，《白银的水罐》，浙江文艺出版社，2015年

刘亮程：《寒风吹彻》，《一个人的村庄》，译林出版社，2022年

## 课后作业

读完本章后，请根据下列题目完成一篇作文，500—800字：

一、我最喜欢的那座村庄或古镇

二、我最难忘的那件事

## 细读篇目

1. 史铁生：《我与地坛》，《史铁生作品全编》第6卷，人民文学出版社，2017年

2. 周晓枫：《黄姚酿》，《光明日报》2023年5月5日第15版

3. 汪曾祺：《跑警报》，《汪曾祺全集》第4卷，人民文学出版社，2019年

4. 李修文：《长安陌上无穷树》，《山河袈裟》，湖南文艺出版社，2017年

5. 鲍尔吉·原野：《初夏》，《白银的水罐》，浙江文艺出版社，2015年

6. 刘亮程：《寒风吹彻》,《一个人的村庄》，译林出版社，2022年

**作品集**

张莉主编：《我认出了风暴》，译林出版社，2020年

# 第四章

## 向大作家学习怎样阅读

* 书是雨露、阳光和好天气
* 读书带给人的好处并不是只言片语就能说尽的
* 要向世间万物学习

## 导言　从《枕草子》到"穷波斯"和珍珠

每一位作家都是优秀的读者,他们都有自己独特的阅读方法。前面我带领大家一起赏读了许多作品,那么在第四章,我想带领大家一起看看大作家们是如何阅读的。

王安忆在《文字里的生活》谈到她受益于"大量混杂的阅读",因为它"具有一种自行调节的功能,纳入你经验的生活中,潜移默化,建立起明辨是非的可能性";迟子建在《"红楼"的哀歌》中认为值得阅读的小说"要有丰沛的'水分'的,这样它才会因'汁液饱满'而好看";作为科幻作家,刘慈欣特别为我们开出的是科幻文学的书单,在他看来,科幻文学的意义在于"使人体会到人类作为一个种族的整体存在"。

在《读书示小妹生日书》中,贾平凹告诉我们"读书要读精品,写书要立之于身,功于天下"的道理,余华认为"文学的道路也是我人生的道路",在他看来，阅读对于作家极为重要："作家阅读的经验转化成一种分寸的把握，使作家在叙述的道路上不至于迷失方向。"

读书是重要的，我们需要泛读，需要精读，需要背诵，但是，也不能死读书。其实读书也是可以走神的，可以从这个地方联想到那个地方，好的读书方法可以拓展我们的想象力，就像王安忆谈童话会想到童话故事的另一面，就像李敬泽从《枕草子》会想到"穷波斯"，就像毕飞宇从《故乡》注意到圆规和烛台。当然，我们在读到一本小书的同时也会读到一本社会的大书。莫言在《用耳朵阅读》里说："在用耳朵阅读的二十多年里，培养起了我与大自然的亲密联系，培养起了我的历史观念、道德观念，更重要的是培养起了我的想象力和保持不懈的童心。"在《水缸回忆》一文中，苏童则说，他少年时代观看的那只水缸"足以让一个孩子的梦想在其中畅游，像一条鱼。孩子眼里的世界与孩子的身体一样有待发育，现实是未知的，如同未来一样，刺激性腺，刺激想象，刺激智力"。

## 第一节　读书带给人的好处并不是只言片语就能说尽的

——王安忆《文字里的生活》、迟子建《"红楼"的哀歌》、刘慈欣《科幻书单》

### "阅读对我来说很自然"

前面我们讲到了王安忆的《比邻而居》，了解到她是一位非常优秀的作家。那么，王安忆是怎样成为王安忆的？在《文字里的生活》这篇文章中，她讲了自己的阅读经验和成长经验。她说，她已经想不起来自己是怎么学习识字和阅读的，"好像生来就会了"：

阅读对我来说很自然，睁开眼睛看世界的同时就看见了文字。我的生活似乎从来是分成两种，一种是在实际当中度过的，就是吃饭、睡觉、和父母相处、和小朋友一起玩耍；另一种生活则是在文字里，它给了我一个另外的空间。

像许多小朋友一样，她小时候读了许多童话和民间传说，在读故事中，她逐渐有一些思考：

　　小时候，只觉得故事有趣，后来想起来，这有趣里藏着许多隐喻：为什么公主把懂不懂得害怕作为一个人智商的标准，害怕和智慧有关系吗？过度诠释一下，又似乎有关系。中国人不是讲求敬畏天地吗？再有，如果这傻子是有智慧的人，懂得害怕，那么他就不可能征服怪物，娶到公主。这么一来，故事不是没有了吗？所以，他又必须是一个傻子。这是一个悖论，小说往往都是悖论。

长大后，王安忆重新思考童话，以及童话所包含的意味：

　　童话是很有意思的。意大利的卡尔维诺收集编撰过一部《意大利童话》，其中一个故事说的是野兔和狐狸。有一天，狐狸在树林看见兔子快乐地跳来跳去。狐狸问兔子为什么那么高兴，兔子回说它娶了一个老婆。狐狸恭喜兔子，兔子说不要恭喜它，因为它的老婆很凶悍。狐狸说，那你真可怜。兔子说不，也不要同情它，因为老婆很有钱，带给它一栋很大的房子。狐狸再道恭喜，兔子又说不要恭喜它，因为房子已经一把火烧掉了。狐狸说可惜可惜，兔子说也别觉得可惜，因为它那凶巴巴的老婆也一起烧掉了。

仔细想，这是个好玩的故事，但这个故事里，又有很深刻的难以言喻的人生哲理。

## "阅读使我的生活变成两个世界"

王安忆后来说，阅读童话的经历在她日后的文字生活里一直如影随形。阅读其实也是辨认，哪些是假的，哪些是真的，哪些是不好的，哪些是好的：

> 书本里的世界固然美好，但却是简单的，它无法覆盖现实的复杂性，所以就变得脆弱。但阅读的经历，在我几乎成为信念，我并不因此而放

弃，而是企图寻找出一个更有力量的文字里的世界。

这样的理解最终使她思考什么是小说世界，什么是现实世界：

所以在写小说时，你要清楚你在建设一个怎样的文字世界。我庆幸我一生总能得到一些启迪，总有人或事引领我，让我走到相对正确的道路，不让我失足。大量混杂的阅读中，你其实很容易走上歧途；但另一方面，所有这些，不论错的和对的，具有一种自行调节的功能，纳入你经验的生活中，潜移默化，建立起明辨是非的可能性。生活中的缺陷使我情愿与自己的生活保持距离，远一点，书本就提供了这个机会。

## "读书带给人的好处并不是只言片语就能说尽的"

和王安忆一样，迟子建也是一位阅读爱好者，从小就喜欢阅读名著。谈到读书的好处，她说并不能用只言片语来说尽：

　　读书带给人的好处并不是只言片语就能说尽的。这个世界留给我们的最巨大的遗产不是高技术文明所带来的一切生活上的便利和好处，而是群星一样灿烂地照亮夜空的丰富的文化宝库。书籍便是其中最为持久明亮能够照耀我们生命的星辰。

　　书籍是无声的音乐，是绚丽的绘画，是巍峨的建筑，因为只有它才能纳百川于一海，才能包罗万象，才能将历史活生生地再现在人们面前。书籍能让我们感受到已逝世纪的灯火、黄昏、繁荣和颓败，书籍也能告诉我们这个世界正在发生的我们无法涉足的鲜为人知的故事。书籍将人类自身无法逾越的障碍和局限揭示给了我们，而且毫不保留地将人的痛苦、幸福、愉悦、悲伤、烦闷、绝望、矛盾种种复杂心理启示给我们。从这个意义上说，我们无法离开书。

因为深深领受了阅读所带来的美好，所以迟子建希望中学生朋友们要多读一些书：

我是多么希望中学生朋友们能在闲暇唱卡拉OK和玩电子游戏机的同时也读一些书，书的功能不是一吃即灵的特效药，书是雨露、阳光和好空气，它给人带来的益处是悄悄来临的。别小看那一本本无言的宁静的书，一旦迷上它，你会为那无与伦比的辉煌所叹服的。

"书是雨露、阳光和好空气"，这句话说得多好！迟子建之所以成为迟子建，也许，从她对阅读的痴迷中约略可以得到一些答案。在《"红楼"的哀歌》里，迟子建认为曹雪芹的《红楼梦》的语言魅力是其他的名著难以比拟的，所以阅读起来令人"兴味盎然"。

《红楼梦》最精彩的篇章，其实还是曹雪芹写的那部分，它很扎实，充满了生活情趣和人间烟火的气息，比如刘姥姥一进大观园和醉卧怡红院，王熙凤毒设相思局，大观园试才题对额，荣国府元宵开夜宴，憨湘云醉眠芍药裀等等。在曹雪芹的笔下，我们能看到黛玉葬花、宝钗扑蝶、晴雯撕扇等经典片段；能在酒席之间的填词歌赋的游戏中，认识那个粗俗的薛蟠；能在风雪红梅的壮美景色中，看到青春而灵性的薛宝琴；能在与贾琏的打情骂俏声中，见识到平儿的俏皮和机智。就是那些比较悲壮的章节，如尤三姐拔剑为柳湘莲自刎，在刚烈之中亦可感知那如水的缠绵。曹雪芹的人物，穿梭在大观园的红花绿柳、碧水清溪中，他们是那么地容易感物伤怀，那么地缠绵悱恻。他们就像大观园中的花草植物一样，多姿多彩，充满质感。

同样的，在2016年的一次演讲中，迟子建再次提到了阅读古典文学对她创作的影响：

> 这些年的文学作品，尤其是看到一些影视剧中的女性形象，我有时真是失望，越来越物质化，越来越无灵魂和操守。当然这里有社会拜金主义之风愈演愈烈的因素，让这样的女性形象大行其道。前天我给本科生上课谈到了元曲，关汉卿的戏剧，比如说《窦娥冤》《救风尘》《望江亭》，包括马致远写昭君出塞的《汉宫秋》，这些名剧都赋予女性至高的位置。她们尽管在生活当中受到了爱情的压迫，她们最后的选择都是遵从自己的内

心生活，而没有那么物质地屈从于这些剧里的官吏。再如《红楼梦》中，曹雪芹笔下的那些女性，尤三姐、晴雯，甚至黛玉——你看黛玉那么决绝地焚诗稿，这些女性形象，带着那个时代女性的尊严，虽然不排除有封建的因素，但一种女性天性当中的高贵和美好，一直存在。

王安忆对童话故事的理解，迟子建对《红楼梦》的赏析，其实都是她们从阅读中获得的启迪。

## 科幻小说是通向科学之美的一座桥梁

今天，我们都知晓，刘慈欣是深受中外读者喜爱的科幻文学作家，那么，使他走上科幻之路的作品有哪些呢。好几年前，他列过一个科幻文学书单，我们不妨来看看。首先，他提到了儒勒·凡尔纳的大机器小说："凡尔纳的科幻小说从描写对象来说分为两大类，一类是科学探险小说，另一类是描写大机器的小说，后者更具科幻内容，主要有《海底两万里》《机器岛》《从地球到月球》等。这类小说中所出现的大机器，均以18和19世纪的蒸汽技术和初级电气技术为基础，粗陋而笨拙，是现代技术世界童年时代的象征，有一种童年清纯稚拙的美感。"大机器小说的魅力是什么呢？

这些大机器所表现的，是人类初见科技奇迹时的那种天真的惊喜，这种感觉正是科幻小说滋生和成长的土壤。直到今天，19世纪大机器的美感仍未消失，具体的表现就是科幻文学中近年来出现的蒸汽朋克题材，在这类科幻作品展现的不是我们现代人想象的未来，而是过去（大多是18世纪末和19世纪上半叶）的人想象中的现在。

刘慈欣还提到他喜欢阿瑟·克拉克的《2001，太空奥德赛》《与拉玛相会》、赫胥黎的《美丽新世界》、托尔斯泰的《战争与和平》、沃克的《战争风云》、理查德·道金斯的《自私的基因》、辛格的《动物解放》、温伯格的《宇宙最初三分钟》等。

最科幻的是温伯格的《宇宙最初三分钟》和戴维斯的《宇宙的最后三分钟》，作者用诗一样的语言描述宇宙初生和垂死之际的极端状态，这时的世界离现实是那样的遥远,却可能是真实存在的。在我们无法经历的时间里,带我们去永远无法到达的地方,这是科学与科幻的最大魅力,不得不承认,在这方面科学做得更好。

刘慈欣看到了科学创造的魅力,他认为"没有一个民族的创世神话如现代宇宙学的大爆炸理论那样壮丽,那样震撼人心";"生命进化的漫长故事,是如此曲折和浪漫,与之相比,上帝和女娲造人的故事真是平淡乏味。还有广义相对论诗一样的时空观,量子物理中精灵一样的微观世界,这些科学所创造的世界不但超出了我们的想象,而且超出了我们可能的想象。"也正是在这个意义上,刘慈欣认为,"科幻小说,正是通向科学之美的一座桥梁,它把这种美从方程式中释放出来,以文学形式展现在大众面前。"

梳理刘慈欣的科幻阅读谱系会发现,即使是这样一位卓有成就的科幻作家,也是从一部许多少年喜爱的《海底两万里》开始读起的。刘慈欣的阅读书目为我们提供了一位爱好科幻的少年如何成为大作家的必要路径。

以上作品出自：

王安忆：《文字里的生活》，《小说六讲》，上海人民出版社，2021年

迟子建：《宁静的辉煌》，《北方的盐》，江苏文艺出版社，2015年

刘慈欣：《科幻书单》，《我书架上的神明》，山西人民出版社，2015年

## 第二节　读书万万不能狭窄

——余华《我的文学道路》、
贾平凹《读书示小妹生日书》

### "原来他是用这双手走来的"

早在余华年轻的时代，他就多次谈起过阅读对他所产生的重要影响。《温暖和百感交集的旅程》一书中，他谈到卡夫卡、福克纳、川端康成等人对他的文学创作所产生的影响，也谈起了他读诸多经典作品的感受。在《我的文学道路》里，余华再次讲到了他是如何受益于阅读的。

作为小说家，他很看重细部描写："现在，当我作品的节奏无论是快还是慢，无论叙述的线条是粗还是细，我都不会忘记细部的描写，这已经成为习惯。这是非常重要的。"所以他阅读作品，也非常看重作家的细部描写。他曾多次谈起过对鲁迅的阅读。

余华说他以前不喜欢鲁迅,"对鲁迅的认识是个很奇怪的过程,他是我最熟悉的作家,从童年和少年时期就熟悉的作家,他的作品就在我们的课文里,我们要背诵他的课文,要背诵他的诗词。他的课文背诵起来比谁的都困难,所以我那时候不喜欢这个作家"。但有一天,"读了第一篇《狂人日记》,我吓了一跳,我心想鲁迅也写了那么好的小说"。等读到《孔乙己》的时候,他马上认识到,鲁迅是一个伟大的作家,"像《孔乙己》这部作品,我们要谈到细部的话,这一篇是典范,因为这是一部简洁到不能再简洁的作品,在这样的作品里,可以看到鲁迅描述细部的功力"。

读《孔乙己》时,余华不仅仅是以一个普通读者的身份来读,他更是作为一个写作者去读,他这样分析说:

在《孔乙己》里,他前面一次一次地写孔乙己的到来,最后孔乙己很久没有来了,然后又出现了,这次孔乙己来的时候,腿被打断了。因为我是一个小说家,我比较关心这方面的问题,我在想,前面孔乙己的腿很健全的时候,他怎么来根本不用写,谁都知道他会怎么来,当他的腿断了,这篇小说我小时候都背诵过,后来全忘了。读到这里我就想,鲁迅是怎么写的,怎么写孔乙己来的?我想假如鲁迅不写的话,我真有点瞧不上他,我会觉得这不是一个负责任的作家。优秀的作家到了关键的地方,不是绕开,而是必须要迎面冲过去。

断腿的孔乙己是怎样来到咸亨酒店的,鲁迅是怎样写的?这是我们在读《孔乙己》的时候都应该问的,但是很多人读完却也没注意。那么现在,我们继续跟着余华来读,他分析道:

> 故事的叙述者是一个孩子,还没有柜台高,孩子听到柜台外面有一个声音飘上来,说"温一碗酒"。是孔乙己的声音,他心想孔乙己又来了,他就温了一碗酒,他写声音是从那边过来的,然后他又绕到柜台外面去,把酒给孔乙己,这时候孔乙己的手张开了,里面放着几枚铜钱,手上都是泥,鲁迅接下去写,"原来他是用这双手走来的"。

我们在读《孔乙己》的时候，有没有注意过孔乙己是怎么来到咸亨酒店的，是否注意到"原来他是用这双手走来的"这句话？余华的分析如此细密，这才是"精读"，是一字一句地读，像余华这样带着问题去阅读何其重要。

## 你一定要珍惜现在年纪，多多读书啊

贾平凹对读书有非常多的看法，本节我们以他写给十八岁小妹的一封信为例，看一看他是怎么阅读的。首先他讲到了读书的重要性：

> 作为凡人百姓，咱们却只有读书习文才能有益于社会啊。你也立志写作，兄很高兴，你就要把书看重，什么都不要眼红，眼红读书，什么朋友都可抛弃，但书之友不能一日不交。贫困倒是当作家的准备条件，书是忌富，人富则思惰，你目下处境正好逼你静心地读书，深知书中的精义。这道理人往往以为不信，走过来了方才醒悟，小妹可将我的话记住，免得以后悔之不及。

这篇文章里，他讲了两个读书的方法。一是广泛阅读，二是精读。

首先看他所认为的泛读：

既有条件，读书万万不能狭窄。文学书要读，政治书要读，哲学，历史，美学，天文，地理，医药，建筑，美术，乐理……凡能找到的书，都要读读。若读书面窄，借鉴就不多，思路就不广，触一而不能通三。但是，切切又不要忘了精读，真正的本事掌握，全在于精读。世上好书，浩如烟海，一生不可能读完，且又有的书虽好，但不能全为之喜爱，如我一生不喜食肉，但肉却确实是世上好东西。

随后讲到了怎样精读：

你若喜欢上一本书了，不妨多读：第一遍可囫囵吞枣读，这叫享受；第二遍就静心坐下来读，这叫吟味；第三遍便要一句一句想着读，这叫深究。三遍读过，放上几天，再去读读，常又会有再新再悟的地方。

## 你若喜欢上一本书了，不妨多读

如果我们对某个作家很感兴趣，要多读。正像贾平凹所说：

> 你真真正正爱上这本书了，就在一个时期多找些这位作家的书来读，读他的长篇，读他的中篇，读他的短篇，或者散文，或者诗歌，或者理论，再读外人对他的评论，所写的传记，也可再读读和他同期作家的一些作品。这样，你知道他的文了，更知道他的人了，明白当时是什么社会，如何的文坛，他的经历，性格，人品，爱好等是怎样促使他的风格的形成？

这个阅读方法是非常有效的，而且，有很多作家、学者的确是按照这个方法来进行阅读的。当然特别重要的是，读完书后不要盲目膜拜，要知其长也知其短。

> 文学是在突破中前进，你要时时注意，前人走到了什么地方，同辈人走到了什么地方？任何

一个大家，你只能继承，不能重复，你要在读他的作品时，就将他拉到你的脚下来读。这不是狂妄，这正是知其长，晓其短，师精神而弃皮毛啊。虚无主义可笑，但全然跪倒来读，他可以使你得益，也可能使你受损，永远在他的屁股后了。这你要好好记住。

这是贾平凹对阅读的整体性理解，读书要用头脑读，要边读边思考。

很多同学在成长过程中总希望获得捷径，但阅读的捷径其实就在于多读，而不是通过短视频或者别人的介绍来获得知识。就像我们这本书，它只是一个阅读的引导，我真正希望的，还是同学们能够通过本书的赏读进入作家作品内部，去读原作，去读原著。

**以上作品出自：**

余华：《我的文学道路》，《当代作家评论》2002年第4期

贾平凹：《读书示小妹十八生日书》，《贾平凹散文》，人民文学出版社，2005年

## 第三节　读书时可以走走神

——毕飞宇《什么是故乡?》、
李敬泽《〈枕草子〉、穷波斯，还有珍珠》

### 鲁迅的基础体温

前面我们讲到，余华以小说写作者身份讲了他阅读鲁迅小说的独特感受，另一位作家毕飞宇也谈起过鲁迅作品的魅力。在《小说课》中，他引领读者和他一起读《故乡》。对毕飞宇而言，读鲁迅，他首先感受到的是温度，所以他先谈了鲁迅的"基础温度"是低的。

如果我们的手头正好有一本《呐喊》，我们沿着《狂人日记》《孔乙己》《药》《头发的故事》《风波》这个次序往下看，这就到了《故乡》了。读到这里，我们能感受到什么呢？我们首先会感觉到冷。不是动态的、北风呼啸的那种冷,是寂静的、天寒地冻的那种冷。这就太奇怪了。

……

既然说到了冷,我附带着要说一个特别有意思的东西了,那就是一个作家的基础体温。正如每个人都有自己的基础体温一样,每一个作家也都有他自己的基础体温。

在他的阅读感受里,"基础体温"最低的作家是张爱玲,而另一个最冷的作家是鲁迅:

作为一个读者,我的问题是,什么是鲁迅的冷?我的回答是两个字:克制。说鲁迅克制,我也许会惹麻烦,但是,说小说家鲁迅克制,我估计一点麻烦也没有。鲁迅的冷和张爱玲的冷其实是有相似的地方的,他们毕竟有类似的际遇,但是,他们的冷区别更大。我时刻能够感受到鲁迅先生的那种克制。他太克制了,其实是很让人心疼的。

温度是毕飞宇进入鲁迅小说的关键词,你看,温度并不是作品本身的，而是作家感受到的。作为小说家，他明显地感受到了寒冷，并充分尊重了自己的感受，于是，他说出了许多读者感受到的却没有说出来的部分。

## 圆规、香炉和烛台

毕飞宇阅读《故乡》的时候，不仅仅感受到了温度，还读到其他，比如圆规。"'圆规'这个词属于科学。当民主与科学成为两面大旗的时候，科学术语出现在五四时期的小说里头，这个是不足为怪的。但是，我依然要说，在鲁迅把'圆规'这个词用在了杨二嫂身上的刹那，杨二嫂这个小说人物闪闪发光了。"

杨二嫂到底是谁？她的算计原来不是科学意义上的、对物理世界的"运算"，而是人文意义上的、对他人的"暗算"。这一来，"圆规"这个词和科学、和文明就完全不沾边了，成了另一种意义上的愚昧与邪恶。杨二嫂和"圆规"之间哪里有什么神似？一点都没有。这就是反讽的力量。一种强大的爆发力。……那时候，"圆规"可不是现代汉语里的常用词,在"之乎者也"的旁边,它是高大上。就是这么高大上的一个词,最终却落在了那样的一个女人身上。我的意思是,如果我们能够用"历史的眼光"去阅读经典,我们所获得的审美乐趣要宽阔得多。

《故乡》里,使毕飞宇凝视并且走神的圆规,原来有如此复杂的含义,这恐怕是我们从前阅读时没有想到过的。其实,在阅读时,我们每一个人读到"圆规"时也都是难以忘记的,却很少思考作者为什么要用这个比喻,这个比喻的意义是什么。这便是一个喜欢走神的阅读者的魅力了,他不仅仅使我们紧紧盯着作品内部,他还提醒我们可以把眼睛从书本上挪开一会儿,想一想远方,想一想历史深处,想一想作品发表那年,于是,我们看到了不一样的小说风景。

当然,在这篇读《故乡》的文章里,毕飞宇还带领我们看到了当时闰土索要的器物,香炉和烛台。这两个物象的含义是怎样的?"香炉和烛台是一个中介,是偶像与崇拜者之间的中介。它们充分表明了闰土'没有做稳奴隶'的身份,为了早一点'做稳',他还要麻木下去,他还要跪拜下去。无论作者因为'听将令'给我们这些读者留下了怎样一个光明的、充满希望的尾巴,那个渐渐远离的'故乡'大抵上只能如此。"

这样的理解,恐怕也是大多数读者未曾想到的。

## "不相配的东西"与"穷波斯"

前面讲到毕飞宇读《故乡》的时候使用了一种"走神"的阅读方法,其实"走神"就是把眼光放远一些,这种阅读方法不仅仅在毕飞宇这里,其实也在我们前面提到的所有作家那里闪现。当然,李敬泽的阅读经验也是如此。事实上,作为散文作家,他的阅读趣味更为驳杂。比如在《〈枕草子〉、穷波斯,还有珍珠》一篇中,他从阅读清少纳言的《枕草子》开始说起,认为《枕草子》里写了许多"不相配的东西":

> 不相配的东西是:头发不好的人穿着白绫的衣服、鬈发上戴着葵叶、很拙的字写在红纸上面。
> 穷老百姓家里下了雪,又月光照进那里,都是不相配的,很可惋惜的。月亮很是明亮的晚上,遇见敞篷大车,而这车又是用黄牛牵着的,这很不相配。……

年老的男人睡得昏头昏脑，还有长着络腮胡子的老人抓了椎树的子尽吃。没有牙齿的老太婆，吃着梅子，做出很酸的样子，看去都是不相配的。身份低的女人，穿着鲜红的裤子。但是近来，这样的人却是非常地多。

这些场景，是作为清少纳言理解的不般配。但是，作家后来才发现，知堂老人早就指出，"其模仿唐朝李义山'杂纂'的写法，列举'不快意''煞风景'等各事，以类相从，只是更为扩大，并及山川草木各项，有美的也有丑的，颇为细微"。于是，这位好奇的读者便去翻出李商隐《杂纂》，其中有条《不相称》："穷波斯，病医人，瘦人相扑……"作为读者，李敬泽的疑问与好奇集中在"穷波斯"这个称谓里。波斯人很穷，这在唐人眼里难道很怪吗？这是作为读者的困惑，也是作为读者的分神，于是从《枕草子》出发，他发现了《独异志》这个故事：

在遥远的唐朝，人常有奇遇，比如于寂寞的旅途中偶遇抱病垂危的波斯商人。有一人，不知他是谁，从何处来到何处去，只知道他名叫李灌，性情孤静。有一天他乘坐的客船靠泊在荒僻的岸边,岸上一间茅棚,茅棚里躺着一个人,波斯人。李灌从他深陷的碧蓝的眼睛、虬曲的须髯断定他是波斯人,一个"穷波斯"。波斯人病了,他将孤独地死于异乡。这时一个名叫李灌的人来到他的身边,每天喂他喝下米粥,然后,李灌就坐在那儿,静静地看着他,目光温润安详。

几天后,波斯人要死了,濒死的波斯人伸出苍白的手指着身下的黑毡:"珠子——"

是的,一颗硕大的珠子。当李灌移开波斯人的尸体,他看到那张破败的黑毡似有微光溢耀,珍珠就缝在黑毡之中……合上棺板之前,李灌静静地看着波斯人,目光依然温润安详,他又看了看手中的珠子,珠子浮动着雾一般的银光,他合起手掌,把手伸向波斯人微张着的嘴,然后,又把手在眼前摊开,手里什么都没有了,似乎从来也不曾有过什么。

这个名叫李灌的人站在船头,他看着岸边的那棵小树,小树下埋着波斯人,波斯人的嘴里含着珍珠,小树越来越小,人们再也没有见到过李灌。

从这个故事出发，作家意识到，有许多时候，不相称的"穷波斯"是"世界的秩序，是知识"。而故事的魅力在于矫正。当然，从"穷波斯"的故事出发，李敬泽又讲到了"珍珠"，"珍珠在唐朝大概相当于18和19世纪英国人眼中的钻石，是神奇的财富，也是危险的财富"。"珍珠就是这样的东西：它有如人世的浮华。"

某种意义上，李敬泽的这篇《〈枕草子〉、穷波斯，还有珍珠》是有关分神的故事，由阅读一个故事引发的好奇心出发到另一个故事，再到别的故事；三个故事也许在别人眼里是毫无关系的，但是，当这些故事被一位优秀的读者的好奇心挖掘，一切便都变得不一样。故事不再只是故事，还是我们对世界的不一样的理解力。真正打开写作秘密暗道的，其实是对阅读的好奇和着迷。

以上作品出自：

毕飞宇：《什么是故乡？》，《小说课》，人民文学出版社，2016年

李敬泽：《〈枕草子〉、穷波斯，还有珍珠》，《青鸟故事集》，译林出版社，2017年

## 第四节　向世间万物学习

——莫言《用耳朵阅读》、苏童《水缸回忆》

### "我有一个很会讲故事的祖母"

《用耳朵阅读》是莫言在悉尼大学的演讲题目。看到这个题目的时候,显然会有疑问:阅读难道不是用眼睛吗,一个人怎么能用耳朵阅读?但是,莫言的确是用耳朵阅读的。

几年前,在台北的一次会议上,我与几位作家就"童年阅读经验"这样一个题目进行了座谈。参加对谈的作家,除了我之外都是早慧的天才,他们有的五岁时就看了《三国演义》《西游记》,有的六岁时就开始阅读《红楼梦》,这让我既感到吃惊又感到惭愧,与他们相比,我实在是个没有文化的人。轮到我发言时，我说：当你们饱览群书时，我也在阅读；但你们阅读是用眼睛，我用的是耳朵。

为什么说是用耳朵？这与莫言最早接受教育的方式有关，他早年获得的知识全部都来源于"听"，莫言回忆说：

> 我在农村度过了漫长的青少年时期，如前所述，在这期间，我把周围几个村子里那几本书读完之后，就与书本脱离了关系。我的知识基本上是用耳朵听来的。就像诸多作家都有一个会讲故事的老祖母一样，就像诸多作家都从老祖母讲述的故事里汲取了最初的文学灵感一样，我也有一个很会讲故事的祖母，我也从我的祖母的故事里汲取了文学的营养。但我更可以骄傲的是，我除了有一个会讲故事的老祖母之外，还有一个会讲故事的爷爷，还有一个比我的爷爷更会讲故事的大爷爷——我爷爷的哥哥。除了我的爷爷奶奶大爷爷之外，村子里凡是上了点岁数的人，都是满肚子的故事，我在与他们相处的几十年里，从他

们嘴里听说过的故事实在是难以计数。

他们讲述的故事神秘恐怖,但十分迷人。在他们的故事里,死人与活人之间没有明确的界限,动物、植物之间也没有明确的界限,甚至许多物品,譬如一把扫地的笤帚、一根头发、一颗脱落的牙齿,都可以借助某种机会成为精灵。在他们的故事里,死去的人其实并没有远去,而是和我们生活在一起,他们一直在暗中注视着我们,保佑着我们,当然也监督着我们。

从这些话可以看出,听爷爷奶奶和家里人讲故事,是莫言早期阅读的起点,也就是说,听别人讲故事就是"用耳朵阅读"。

## 用耳朵阅读

很多人听完故事就忘记了,但莫言在听故事的时候,并不是作为被动的听故事者。他会记下这些故事,记下故事后也会进行联想,从这些故事里生发出文学创作的灵感。很多年之后他再读蒲松龄,发觉小时候已经"读"过他:

当我成了作家之后，我开始读他的书，我发现书上的许多故事我小时候都听说过。我不知道是蒲松龄听了我的祖先们讲述的故事写成了他的书，还是我的祖先们看了他的书后才开始讲故事。现在我当然明白了他的书与我听说过的故事之间的关系。

从"用耳朵阅读"开始，莫言学会联想，渴望讲故事，他学会塑造人物，渴望把故事讲得惊心动魄。事实上，他也开始意识到，阅读不仅仅是听别人讲故事，还包括去看民间戏曲，他尤其提到高密东北乡的"猫腔"的影响：

在我用耳朵阅读的漫长生涯中，民间戏曲，尤其是我的故乡那个名叫"猫腔"的小剧种给了我深刻的影响。"猫腔"唱腔委婉凄切，表演独特，简直就是高密东北乡人民苦难生活的写照。"猫腔"的旋律伴随着我度过了青少年时期，在农闲的季节里，村子里搭班子唱戏时，我也曾经登台演出，当然我扮演的都是那些插科打诨的丑角，连化装都不用。"猫腔"是高密东北乡人民的开放的学校，是民间的狂欢节，也是感情宣泄的渠道。民间戏曲通俗晓畅，充满了浓郁生活气息的戏文，有可能使已经贵族化的小说语言获得一种新质，我新近完成的长篇小说《檀香刑》就是借助于"猫腔"的戏文对小说语言的一次变革尝试。

除了听别人讲故事，少年莫言还聆听大自然的声音，譬如洪水泛滥、植物生长、青蛙鸣叫的声音等，这些声音最后都成为莫言文学创作的庞大资源。从莫言的故事，我们会发现，当我们向这个世界学习的时候，应该是向世间万物学习，而不仅仅是书本知识。这是《用耳朵阅读》中传递出来的非常重要的观点。

不仅仅是用耳朵阅读，莫言也说过要"用鼻子写作"，其实就是要调动自己的感官，他说：

>……在写作时，刚开始时是无意地、后来是有意识地调动起了自己的对于气味的回忆和想象，从而使我在写作时如同身临其境，从而使读者在阅读我的小说时也身临其境。其实，在写作的过程中，作家所调动的不仅仅是对于气味的回忆和

想象，而且还应该调动起自己的视觉、听觉、味觉、触觉等全部的感受以及与此相关的全部想象力。要让自己的作品充满色彩和画面、声音与旋律、苦辣与酸甜、软硬与凉热等丰富的可感受的描写，当然这一切都是借助于准确而优美的语言来实现的。好的小说，能让读者在阅读时产生仿佛进入了一个村庄、一个集市、一个非常具体的家庭的感受，好的小说能使痴心的读者把自己混同于其中的人物，为之爱，为之恨，为之生，为之死。

以上这些话无论对于阅读还是写作，都深具启发意义。实际上，在今天，其实同学们也无时无刻不在用耳朵阅读——我们听故事、听博客、听广播。那么，要如何使这些故事在身体里扎下根，不断地生发出联想呢？要从故事里面有所习得，不让故事白白从耳朵里流走，是特别重要的。

## 阅读从一口水缸开始

莫言是用耳朵阅读，而作家苏童则是用眼睛阅读。

他用眼睛阅读的不仅是书，还有一只大水缸。事实上，苏童是从阅读一口水缸开始文学萌芽的。在文章里，他写到他家与水缸的关系：

　　我幼年时期自来水还没有普及，一条街道上的居民共用一个水龙头，因此家家户户都有一口储水的水缸……看见水缸里的水转眼之间涨起来，清水吞没了褐色的缸壁，便有一种莫名的亢奋，现在回忆起来，亢奋是因为我有秘密，秘密的核心事关水缸深处的一只河蚌。

从水缸出发，少年苏童开始他的"胡思乱想"：

　　请原谅我向大人们重复一遍这个过于天真的故事，故事说一个贫穷而善良的青年在河边捡到一只被人丢弃的河蚌，他怜惜地把它带回家，养在唯一的水缸里。按照童话的讲述规则，那河蚌自然不是一只普通的河蚌，蚌里住着人，是一个仙女！不知是报知遇之恩，还是一下堕入了情网，仙女每天在青年外出劳作的时候从水缸里跳出来，变成一个能干的女子，给青年做好了饭菜放在桌上，然后回到水缸钻进蚌里去。而那贫穷的吃了上顿没下顿的青年，从此丰衣足食，在莫名其妙中摆脱了贫困。

故事最初是大人们的故事，当少年凝视水缸，慢慢生发属于他的奇思妙想。很多年后回头看，他说："我至今还在怀念打开水缸盖的那些瞬间，缸盖揭开的时候，一个虚妄而热烈的梦想也展开了，水缸里的河蚌呢，河蚌里的仙女呢？我盼望看见河蚌在缸底打开，那个仙女从蚌壳里钻出来，一开始像一颗珍珠那么大，在水缸里上升，上升，渐渐变大，爬出来的时候已经是一个正规仙女的模样了。然后是一个动人而实惠的细节，那仙女直奔我家的八仙桌，简单清扫一下，她开始来往于桌子和水缸之间，从水里搬出了一盘盘美味佳肴，一盘鸡，一盘鸭，一盆炒猪肝，还有一大碗酱汁四溢香喷喷的红烧肉！（仙女的菜肴中没有鱼，因为我从小就不爱吃鱼。）"

"凝视水缸"是少年苏童最早的阅读方式，"这样的阅读一方面充满诗意，另一方面充满空虚，无论是诗意和空虚，都要用时间去体会。"其实，这种阅读水缸的方式，是对好奇心和想象力的调动。在少年时代，每个人都应呵护自己的好奇心,试着给自己的好奇心编一些故事。

这篇文章的最后,苏童讲到对水缸的怀念:

> 我从不喜欢过度美化童年的生活,也不愿意坐在回忆的大树上卖弄泛滥的情感,但我绝不忍心抛弃童年时代那水缸的记忆。这么多年来,我其实一直在写作生活中重复那个揭开水缸的动作,谁知道这是等待的动作还是追求的动作呢?从一只水缸中看不见人生,却可以看见那只河蚌,从河蚌里看不见钻出蚌壳的仙女,却可以看见奇迹的光芒。

作为写作者,苏童觉得自己从小到大就是一个揭开水缸的过程,不断地从水缸里看见人生,看见河蚌,看见仙女,也看见奇迹的光芒。这个说法其实是一个隐喻。《水缸回忆》告诉我们,用眼睛阅读是必要的,但阅读和学习不仅是落在书本上,也应该落在一个少年的想象力和探索力上。

以上作品出自：

莫言：《用耳朵阅读》，《用耳朵阅读》，作家出版社，2012年

苏童：《水缸回忆》，《苏童散文：露天电影》，浙江文艺出版社，2014年

## 课后作业

读完本章后,有两个作业请同学们完成,请根据下列题目完成文章,500—800字:

一、我最喜欢的那本书

二、谈一谈我的阅读方法

**细读篇目**

1. 王安忆:《文字里的生活》,《小说六讲》,上海人民出版社,2021年

2. 迟子建:《宁静的辉煌》,《北方的盐》,江苏文艺出版社,2015年

3. 刘慈欣:《科幻书单》,《我书架上的神明》,山西人民出版社,2015年

4. 余华:《我的文学道路》,《当代作家评论》2002年第4期

5. 贾平凹:《读书示小妹十八生日书》,《贾平凹散文》,人民文学出版社,2005年

6. 毕飞宇：《什么是故乡?》，《小说课》，人民文学出版社，2016年

7. 李敬泽：《〈枕草子〉、穷波斯，还有珍珠》，《青鸟故事集》，译林出版社，2017年

8. 莫言：《用耳朵阅读》，《用耳朵阅读》，作家出版社，2012年

9. 苏童：《水缸回忆》，《苏童散文：露天电影》，浙江文艺出版社，2014年

# 结　语

## 用好每一个字，写好每一句话

阅读最重要的是"读"，是"体会"，是"领悟"，尤其是文学的语言。从这本书里可以看到，作家们的语言风格各异，都摆脱了陈词滥调，平实、质朴、鲜活、动人。是的，真正的写作要找到自己的心性，要摆脱陈词滥调。要"我手写我口，我手写我心"。写作者要自由表达自己真实的喜怒悲欢，而不能将感受封闭在一个套子里，一个模式里。"修辞立其诚"指的是写作者要表达对世界最诚挚的认知而不能借用矫揉造作的滤镜。从选入本书的作品中，我们会体会到生活的真实、情感的真挚，以及作家对世界的独特理解。

我想到几年前去敦煌看莫高窟的情景。莫高窟里的许多佛像和壁画美不胜收，虽然历经岁月的消蚀，却仍栩栩如生。我尤其记得第159窟，那是中唐时的作品，菩萨的面像上有种美好的圣洁感。即使年代久远，依然能感受到这是两尊有生命力的"活像"。从这些壁画也会想到莫高窟的画师们。想到他们画下这些佛像的虔诚与真挚，想到他们的一笔一画，那不是来自空蹈的想象，而是来自对生活中普通人情感的喜怒哀乐的观察、体察和表现，正是全情投入，不断地揣摩、练习，最终才有了那两尊穿越时光的、卓有生命力的活像。

　　写作何尝不是如此？对今天的青少年朋友而言，怎样写好那800字或者1000字是一个挑战，但终有一天也会慢慢跨越挑战。它需要从每个字、每个词开始。每一个字、每一个词都力争做到准确。要注意每一句话的主谓宾、起承转合。只有从一字一词入手，才能真正把一句话写好；只有当我们把一句话写好之后，才有可能把一段话写好；而只有当我们把一段话写好之后，才可能把三段话、五段话写好。如此，也才能把一篇文章写好。要知道，1000字是由10个100字构成的，100字是由10个10字构成的。或者可以说，如果想写好1000字，首先练习写好一句话、两句话、五句话。

　　每个作家都有自己的少年时代，每个作家都不是天生的，而是后天习得的。——对每一位写作者而言，最好的作品都非从天而降，它需要反复练习，它也不来自"远方"和"高处"，而只来自"切近"和"体悟"。

祝福每一位少年朋友，都拥有自己独一无二的想象力，都写出带有自己体温和心性的好文章。